寢書樓詩詞集

楊永漢著

廖舜禧題

庚子年臘月
萬卷樓梓本

庚子編序

自初編至今，人事倥匆，吾師張少坡修士已歸主懷。當日淚雨淋漓，涕泣交頤，感人生之無常。先師虛懷而憫世，護弱而憐窮。嘗囑余當思人人之不幸，其行為劣者，必有其因，應以憐而憫之，以仁而輔之，以愛而導之。今日思師之言，仍激盪不能自已，師果超凡之修士也。吾內兄梁文基先生，慷慨磊落，惜不假天年，臨終仍眷念同枝，痛惜未報劬勞。此時此刻，親嘗「黯然銷魂者，唯別而已矣」。吾倉倉皇皇，數年之內，歷人生離別，事業糾結。詩言志，怨而不怒，哀而不傷，斯之謂也，故愴慟未必呼天而喚父母，卻沉吟而思齊一，禮佛以悟生死。哀樂之餘，發而為聲。願饗傳而情動，祈諸賢能共振而發余之所感者，心意綿綿。求學至今，匆匆數十載，吾嘗閱歷文史哲各部，盡得當世名師教誨，此人生之大幸也。惜吾師等多已歸道山，獨余在此濁世混溷，祈願吾詩詞尚有可誦者，能知吾隱於詩而不欲張揚於外者，亦冀諸君子於五濁塵世，同仰首而哭笑，知人生無非盈缺而已。今吾昭然而明者，世也，無順道者也。耳順之年，卻心耳不順，常懷歎息。凡遇鬱結，多以詩歌以抒之，惟發言必溫柔敦厚。故六十以後詩作，顏之曰〈逆耳詩草〉。〈少年詩草〉乃少年之作，詩句青澀，故列於篇末，以記學詩之途而已。

庚子仲秋楊永漢序於藍灣半島寢書樓

初版自序

余學詩於順德潘師小磐先生。潘師，號餘菴，性格隨和，創作詩歌，信手拈來，自成一韻。潘師之名遐邇仰慕，吾得追隨左右，實快平生。師嘗命題作詩，博我以風雅之旨，傳我以賦比之巧，朝觴夕詠，晚唧晨吟，同硯相磨，至今仍懷思不已。每至師家，嘗示近作，指點關鍵之處，益增吾爲詩之興。詞學則追隨溫師中行，師字必復。其父溫肅，曾值南書房行走與大儒王國維同奉召。溫師儒雅，言辭幽默。或謂詞乃鍾情之作，寄意者，則枝葉盪而成諷，鵩鳥號而思遠；不遇者，則雙鳧一雁以喻己，惡鳥啑喋以比奸。情動而偏鬱郁，至於豪邁如東坡、稼軒者，另一蹊徑也。余每於閒暇，有感於日月遷逝，景變風雲，當花對酒，哀樂之餘，隨興而塡詞，亦人生快事。余家只可容膝，少年時，購書甚豐，惟置於床側，日夕與書爲伴，故號吾室「寢書樓」。某年遷家，得舊作詩詞數百，誦之果敝帚自珍，汗顏甚。故去百餘首濫情之作，只餘今貌。是爲序。

癸巳年初冬楊永漢識於孔聖堂

作者簡介

楊永漢先生，祖籍廣東海豐，一九五九年出生於香港。現任香港新亞文商書院院長，孔聖堂中學校長，曾任樹仁大學、新亞研究所助理教授。一九八二年年畢業於香港樹仁學院（今樹仁大學）中國文學及語言學系，旋入新亞研究所攻讀，跟隨經濟史學大師全漢昇教授，得歷史學碩士、博士學位。一九九四年負笈英國諾定咸大學（University of Nottingham）進修教育學，先後得教育學士及碩士學位。回港後再進修，獲香港大學社工系碩士、中文大學宗教及文化研究碩士及北京師範大學文學博士學位。曾任教於香港城市大學、澳門大學、樹仁大學、香港大學專業進修學院、新亞研究所兼碩士生導師。學術著作包括《論晚明遼餉收支》、《虛構與史實》、《觀瀾索源：先秦兩漢思想與教育》（合著）及數十篇已刊研究論文等。創作則有《四知詩詞集》及《寢書樓詩詞集》。爲《新亞論叢》、《承先啓後——王業鍵院士紀念論文集》、《全漢昇百歲誕辰紀念論文集》、《宋敘五教授紀念論文集》、《紀念牟宗三先生逝世二十周年國際研討會論文集》及《孔聖堂詩詞集》主編或執行編輯。

寢書樓詩詞集　目錄

悼胡欣平老師

一九八零年七月五日追悼會

杏壇師忽邈　夜盡夢闌珊　家國長吟恨　新亭細唱酸　清流迴世濁　剛魄逼人寒
慷慨歌相詠　懷鄉淚獨彈　孝親情熱赤　育幼憫凝丹　酒罷嗤狼藉　肴佳思聚餐
精魂消索易　秀骨傲霜難　筆勢黃河浪　文章翠谷蘭　寸心瀰寂靜　四野泛狂瀾
志向三川疾　胸襟萬里寬　焚詩隨野馬　伴爾到仙壇

詠酒

吾喜烈酒一日葉玉樹老師囑余至其家已備法國匈牙利紅白酒若干瓶並特設多士小食若干款至時逐瓶品味但覺此味只應天上有不辣不刺香醇馥郁葉老師曾賦詩「沾唇不忍飲飲罷思茫然」要余品評　吾曰「勾魂奪魄」回家賦詩以記

太白詩千首　東坡問月來　江湖落拓載　耄耋隔籬偎　何止勾魂去　也曾奪魄回
愁腸舒百結　低首謝良媒

留英詩草

留英贈内

一　夢也無憑鸞鏡舞　青氈悵立背秋風　今年隻手天涯路　何處靈犀暗可通

二　我頻寤夢思雲鬢　愛把眉梢畫遠長　綺陌短叢餘獨步　芬馨良夜更神傷

三　淚眼憐花難解語　欲題紅葉竟成灰　天寒地凍都不管　誓把蓮心細細栽

諾定咸校園

清風綠草編如織　長夜思量廚裡心　誰似一身零落態　偏憐孤樹立荒林

宿舍閒坐

眉梢心上閒愁盡　夜夜相思忍淚漣　默禱青君乘我便　因風送語到窗前

夜歸

夜歸惆悵臨幽徑　褪色香魂只斷腸　悄立階前頻望月　爲伊憔悴幾回傷

校園春景二首

一　清芬疏雨斷人魂　掩映芳菲影月昏　一夜溫柔揮不去　餘香無奈尚留襟

二　幽香風送竹簾寒　瘦影瀝思覓句難　此地蘋花梨葉舞　何如窗外一枝繁

長日留宿舍

徹夜繞梁聲漫漫　隔窗鵲噪近朝陽　唧唧不休松鼠語　千鳥歸林樹數行

遊平原

黃氈盡處冰盆掛　傾倒流光染一襟　欲持醉眼觀人世　大塊原來可共吟

威爾斯海岸二首（Wales Coast）

一

長灘百里飛鷗怒　浪尖粼光湧不停　岸幘披襟狂叫海　急風暴雨細徐聆

二

嚇破鷗鷹崩巖石　猶疑桅櫓怕成灰　敢將隻手推前浪　洶湧潮流撲上來

上課遇霧

沒入林中迷霧處　乍疑王母落瑤臺　驟聽雙成歌五褲　天安門外細徘徊

諾洛定咸森林遇雨

擎天樹木羅賓漢　霧集身寒四野煙　且把狂狷成底線　漫天風雨思悠然

小街雪景

可憐皚雪窗櫺積　履踏寒風口裡煙　幾處商燈人跡杳　偶傳耶誕妙詩篇

千禧詩稿

二千年有感

清暉流素月　光影襲來人　信步霓虹內　總惹一身塵

清明懷師

癸未年清明後數日

黯然惟別矣　此日意闌珊　艱苦道傳切　憐愚訓語繁　精魂何處是　瘦骨敵霜難

寢書樓詩集

五濁浮沉倦　長思清杳壇

宴罷夜行

一
車光撩眼影　風過一襟清　杯盡愁還滿　牽衣看月明

二
悄立無人管　霓虹照影憐　我歌誰起舞　長夜淚續漣

三
飲罷千杯酒　狂揮一段情　可憐經鑄骨　從此永留形

言志

天地何寥寂　輕雷一地驚　風狂猶聽雨　浪濁且浮生　仗劍平胥害　依仁睥魆獰
指點江山處　推犁盡日營

良夜懷人

清夜長唧唧　低徊獨自悲　絲蘿終他託　從此不展眉　相思何日極　日日憶芳儀
醉鄉能會汝　終生酒爲期　長淚頻呼爾　惘然失所居　今夕更何夕　共此良夜時
思思復思思　癡癡復癡癡

戊子（二零零九）年生辰翌日　年已知命内子勉余以詩記意想德業無進學養寸行日居月諸　實有愧於心詩云

浮漚鏡夢人紛沓　天地寥遙寄一程　回首忽然諳五十　也驚風雨也希晴

賀偉佳兄五十華誕

蘇辛是友阮劉朋　醉數桃枝舞落英　一曲無端傳錦瑟　幾回伐木頌嚶鳴
南圖鵬鳥青雲向　迷路漁人粉黛程　千丈紅塵游五十　舉杯飲罷續營營

附偉佳兄贈詩賀五十生日

五十年華歎錦瑟　有涯曉夢枉多情　千禧管鮑懷濟世　快意閒時會劉伶

辛卯（二零一一）年中秋夜二首

一
銀鏡鯨波風海舞　微霜鬢染桂枝香　杯空就醉情還熾　笑斂愁腸任酒量

二
輕狂年少幾杯酒　有淚長歌笑醉翁　我若情癡經醉死　幸餘蝶夢誦莊公

佐敦夜宴

癸巳（二零一三）夏與二兄逸先生三兄滔先生四兄全先生並瑞忠澤端等諸賢侄宴於佐敦和記酒家

案牘停刀今夜放　擕鮮領爵酒樓喧　霓虹燈暖故園遠　說話鄉音此地溫
家釀鄉烹催淚腺　蓴羹鱸膾慰愁魂　杯杯宜盡思桑梓　醉覽紅塵卻累煩

註釋　是夜諸侄備家鄉菜式並自釀家酒分甘同味余雖長於香江然過去數十年常往返家鄉頓生思鄉之情

二零一三年九月十四日順德佛山之旅並序

二零一二年余居孔聖堂中學校長之職特念於聖芳濟中學任教近三十年得張師少坡修士及諸前輩放縱使余可與諸棣肆情於學習活動中師棣交誼與道德俱進嘗欲報答惜人言可畏僅懷心底自轉職後可豁然回報諸先生期每年與張師及諸賢外遊癸巳秋與張師少坡修士並聖芳濟諸賢共十八人訪順德佛山覓美食其難忘者有四人抬大魚及松記服務式火鍋由侍應代客涮珍肴

徘徊俯首堤前水　嘆息流光去不回　八手抬魚肴山現　一匙調饌味蕾開
感君心匠勤培善　容我杏壇亂植梅　珍重今宵歌百首　更邀明月舞清醅

癸巳（二零一三）年新春　醉眼看月明海浪　賦詩二首以寄意

一
綠蟻盈觴三祝酒　東君獻罷戽天心　恆將美酒流江海　冀與群黎盡此杯

二
行遍風霜方惜暖　不除蛛網只關情　尋花逐月香猶在　回首身旁是落英

癸巳（二零一三）年中秋感賦四首

一
月華一碧洗如練　我浴銀光卻拜塵　環伺天孫齊抃舞　靈光蕩漾接無垠

二
振翮搏風飛皓月　雲端竟遇老蘇翁　終宵狂飲千回醉　羽化銀杯睡彩虹

三
嫦娥寂寞逢佳客　纖手殷勤侍酒茶　我與吳剛搖玉桂　香風但願遍天涯

四
瓊樓朱箔玉欄杆　催醉香醇怯酒寒　今日飛身離玉兔　一身清白混漚瀾

秋夜夢李白

濁浪排空三萬丈　上窮碧落逐青蓮　騎龍飛越九重天　亢氐尾心躍步連

彎身直奔昴畢宿　向眼長庚誦詩篇　果逢謫仙白帝子　手捋長髯立雲顛
停杯但問今何世　倏忽已然千三年　慕君詩才凌日月　羨君言諾輕五巔
欣喜喧呼逢李白　怎不狂飲復開筵　蟠桃奉上雙成責　白墮調觴不敢眠
酟醑醍醐飲復飲　椒漿香蟻嘴角漣
君歌將進酒　我續蜀道難　歌時風雨默　唱罷天地瀾　提毫疾筆如煙事
書罷雙瞳淚涓涓　銷魂不在酒　長夜歎凋零
咄　嗤　噓　前世今世崎嶇路　山上地上峰巒盤　詩成鬼神動　大地也含酸
問君何事仍悲切　披襟仰首立雕欄
蜀道難兮人間天上路漫漫　將進酒兮巉巖得意死杯端　不爲明日苦　盡君今夜歡

秋瑾頌

辛卯春初臨西湖遊人如鯽只西泠橋畔秋瑾先生像前清冷風迴余年少已喜先生詩及為人嘗恨生不同時仰望良久忽思帝制至共和賢者烈士前仆後繼烈血蔽天屍骨盈野然殘賊無恥之輩卻不絕於史後成詩一首因用辭偏激有失詩教故藏之抽屜歲杪偶翻舊作竟淚流不已因之略改數辭以存

秋風秋雨愁煞人　聞君此語更銷魂　少小不分求解放　青春有夢可競雄
官蠹豺狼爭吮血　八國侵凌掠奪窮　無端吾民成雞犬　仰首蒼穹只煙硝
手持玉劍衡日月　不隨暖意任風搖　一聲珍重血流熱　拚擲頭顱任火燒
哀我京城成盜藪　哀我長城幾度焚　哀我諸黎不是人　斯時斯國斯人也

豈甘受辱不還呻　斯時斯國斯人也　豈有旁觀不成仁　國喪國恥縈胸膈
披上兜鍪誓斬鯨　典盡釵環求學問　凌波萬里赴蓬瀛　同學爭鋒輸國體
首燃義幟贊同盟　白話女報開風氣　大通師範創潮流　革命要死先灑血
潑向山河開自由　死則死矣留剛魄　生不生兮甘斷頭　軒亭碧血凝炙手
好暖春泥護九州
壯哉女俠　悲哉秋瑾　細誦君詩忙拭淚　淚罷開卷聲咽震　今飲鑑湖酒
長憶鑑湖人　西湖四野尋烈骨　癲狂文革痛成塵　臨風酹酒招魂返
好在尊前舞劍狂　三杯濁酒黃泉路　與君隔代醉茫茫　一腔熱血仍珍重
低首沉吟獨徘徊　百年有幸能相遇　自當執竿死相陪　西泠橋畔風長舞
長揖英雄巾幗身　君如有知應流淚　君血果使大地新　西湖依舊風和月
秋風秋雨愁煞人

奉和張兄萬民韶關詩

五蘊盤纏轡失飛　餅茶棒喝奈馳暉　禪門誰解慧能意　晚照斜燈探極微

附張萬民兄詩二首

一
料峭初寒卻北飛　韶州古鎮靜朝暉　暫脫俗務纏身地　六祖禪庭參翠微

二　賢相驛坡古道藏　將軍詩壁激情揚　梅關嶺上雖分界　南北神州皆我鄉

懷鍾期榮校長

海角南陲儒脈續　清奇鶴立競鳧趨　寒雲時雨栽桃李　冷日微陽照杏株
國陷隻身排亂石　崖危孤影領飛雛　程門雪印今重現　仰首蒼穹謝碧梧

蒙古遊甲午（二零一四）年夏

一　格根塔拉大草原

歡迎下馬酒　高唱入雲端　天地三杯獻　草原一片寒　斑騅愁力竭　急雨策韁難
野外存孤幕　溫茶品奶酸

二　草原策馬

驊騮馳短草　回首逐輕煙　繞石敖包祭　踏淺水曲川　飛奔擬盜寇　呼喝仿軍聯
一遂輕狂志　身如脫線鳶

三　庫布齊大沙漠

滄茫驚入眼　無際起嵾嵯　電舺流荒漠　長虹似擲梭　天藍翔白電　沙褐淹黃駝
邊極赤貧地　竟然轉索訶

四　庫布齊大沙漠響沙灣

廣漠聲聲響　其音似海螺　登高無礫石　細土齒相磨　滾脊疑綿就　高翔似沓沱
凌空飛踢遠　忽復少年歌

五　昭君墓六首

其一

甘作寧胡使　夢魂憶秭歸　可憐霜漢月　不肯照明妃

其二

落雁天然色　斑斕耀草原　明珠存大漠　星夜獨銷魂

其三

從今披左衽　不復穿襦裙　策馬匈奴地　紅顏息戰醺

其四

君心不可知　良使抑閼氏　惆悵青墳上　低徊滿腹疑

其五

青塚黃沙土　誰憐漢女心　忽聆出塞曲　哀韻尚留今

其六

心儀青塚久　今日始登臨　舉國平城恥　無端付女襟

六　成吉思汗陵位於鄂爾多斯市伊金霍洛旗甘德利草原

藍檐黃頂白牆基　天下縱橫自草陂　斡難河邊成大汗　野狐嶺卅萬乾屍

鐵蹄迦勒迦春碎　的里河污是血池　壇照斜暉閒馬蹀　腥膻縈繞若游絲

註釋　迦勒迦河今烏克蘭日丹諾夫市北的里河今伏爾加河之突厥名又譯亦的勒

七　成吉思汗二首

其一

勒馬踏歐洲　抽鞭中亞愁　一身鮮血染　雙腳盡屍球　開口戰人髓　射眸變髑髏

誰評身後事　閒話江邊叟

其二

漠北成司汗　狠酬殺父仇　遼金匍匐犬　歐亞斷頭酋　功業懸銀漢　天嬌逐水漚

只餘幾瘦馬　仍踏綠方州

八　山西懸空寺二首

其一

天界營臺閣　瑤璋落翠屏　兩樓一院建　三教五臺馨　蛇恐纏泥壁　欄危捉幼繩
徐行如履薄　回首覺眩暝

其二

金龍壓削壁　懸髮建丹墀　奇觀出太白　吐舌是振之　三檐凌霧靄　六殿掛參差
從心表禮敬　長跪天人師

註釋　懸空寺位於山西省渾源縣恆山金龍峽西側翠屏峰之峭壁間壁上「奇觀」二字據說出自李白手徐霞客曾到此地以「吐舌」形容此寺之險要

九　雲岡石窟二首

其一

奇功曇曜斧　五窟開雲岡　萬佛莊嚴境　千姿肅穆場　融和南北學　復治華夷傷
忽訝笈多服　風沾大漢香

其二

一鑿千秋後　仰看仍斷腸　低眉輕說法　腰直教心忘　頻勸眾生善　莫纏五蘊狂
廣長舌且盡　六道依然忙

題賀陳偉佳兄華誕

閒點江湖兵器譜　山中籌策廟堂驚　塵封珠櫝從無怨　銀鏡今年特別明

附陳偉佳兄贈詩

永夜籌謀孔聖業　漢唐風雅驚夢鄉　五弦清商看彎月　陸海珍肴醉高粱
生性當懷九天志　日新常願四維張　快哉晉德同修業　樂兮詩賦伴酒香

甲午（二零一四）年中秋夜

一
負手魚磯思往哲　貂裘換卻釣蓬肩　三千世界皆秋色　醉看明月舞蹁躚

二
龍珠浮一島　皓月掛藍灣　風細香飄遠　堤長影笑顏　耆年尋舊緒　齠齔爭纏蠻
狼藉餘歡盡　身搖帶醉還

三
清寒桂殿餘孤寂　我羡冰君不染塵　銀漢飛星疑在眼　人間誤落幾多巡

四
滄海扁舟轉　碧天圓皓航　感君年月日　夜夜照人行

五　聞習近平肅貪

長霾闇日經年月　濁水回清貪蠹修　願借天孫金鮫剪　好裁新月送神州

甲午（二零一四）中秋贈內

岸直風微濤碧湛　人間天上兩名姝　心頭曾許千千世　閒話湯羹入味無

悼莊玉雅同學

夢裡青春歸夢裡　仙帆影落賸寒霾　中通外直愁風折　俠骨柔腸寄玉街
待用潛龍魂已斷　精芒鋒劍痛淹埋　人生果是如朝露　酹酒斯人哭輩儕

二零一四年九月二八日佔中行動

逶迤青衿怒　誓將禮運宣　激情奔鐵馬　聲震裂藍天　忽聽驚心炮　已沾催淚煙
良知出太學　搖首候三咽

甲午（二零一四）秋與德國中學諸師生Eckard及Gillian等再遊西湖

一
一湖煙靄靜　幾樹風紋新　葉動延天韻　心閒滌俗塵　蘇堤歌水調　峰塔聽蛇呻
裹袖盈香滿　相期贈戀人

二
久聞西子俏　十里桂飄香　德國來嘉客　橋亭賞淺塘　槎浮連島寂　影落照漣黃
薄褶金風耐　夢迴待熟粱

三
青黃間入眼　瀲灩起銀光　舟楫隨風動　浮漚逐浪張　斷橋聆婦怨　三潭印月霜
倚樹思前哲　臨風續舉觴

四
芽嫩留春住　芬芳似酒醇　愁魂蕭瑟地　怒髮鐵錚臣　日暮蘇娘塚　斜瞟秋瑾襟
翬飛隨晚靜　惆悵幾多巡

與陳玉群老師並諸生初臨黃河壺口

一

婉轉出青海　陝晉斷壁留　隆隆出怒吼　呼喝千年愁　九鼎沒泗水　秦漢一萬州
應是仁義至　又再屍填溝　兩漢連塞漠　三國盡略謀　掩卷嘆兮人間忽然成地獄
拭我淚兮百世仍聆鬼夜啾　隋唐開功業　集思定國籌　十國南方定　五朝盡血湫
趙家憐小域　舉國皆詩儔　風流傳一代　功過付低謳　可憐中國地　竟與一蠻酋
洪武立專制　氣節幾失修　清人入關已　漢族皆是囚　是非誰評定　春秋也優柔
百年屈辱恥　於今恨悠悠　新天以爲換　赤赭寸寸浮　今日臨壺口　濁浪滔天遮吾眸
嚇嚇嚇　開我中華民族地　儒道墨法建華樓　寒霾飄飄身雖冷　心念黔首有餓髏
一腔熱血混河水　誓澤蒼生不住流

二

蒼龍從天落　氣勢斷壁崖　石靜水蠻奔　煙寒飛鳥絕　汗漫前路迷　走獸驚心裂
爲恐誤生民　金鞭制其烈　急流不擇方　金堤見屍轍　起舞逐浪尖　狂歌震天徹
隨風上雲霄　遙望黃河舌　銀川是鳳凰　魂夢情絲擷　水底覓河圖　手拿開山鐵
騎雲出大江　蛇鼠急避穴　潛水戲龜魚　徜徉相摩悅　宓妃凌波至　飄然淚晶澈
齊遊水殿宮　世情多詭譎　瀑湧驚濤聲　自潔如霜雪　濁浪頻刺肌　誓護心腸熱
滾滾經春秋　迴腸總百結　水轉三九回　梟梟餘音咽　萬古亙流川　纏繞霧靄屑

浩瀚映殘紅　滂洋仿似血　功過和是非　留與後人說　河清下九州　長使英雄折

二零一四年耶誕遊澳洲塔斯曼尼亞

一　卡德内特峽谷（Cataract Gorge）

一行鐵纜沿山繞　氣勢蜿蜒魄蕩馳　天壁鑿開容猛瀑　竟流玉液洗餘脂

二　薰衣草園（Brigestowe Lavender Estate）

百年古樹灌園叟　萬朵薰衣斷客魂　借問幽香何沁骨　思君入夢有淚痕

三　瑪拉庫壩鐘乳石及螢火洞（Marakoopa Cave）

虎豹龍蛇姿百態　螢洞細數幾多蟲　億年滴滴成灰柱　萬點藍藍比碧穹
襲襲微寒吹入定　涓涓細響鑿愚聾　人間常醉混溷濁　可有高僧啓禪蒙

四　搖籃山國家公園聖加爾湖（Lake St Claire, Cradle mountain）

嫦娥明鏡失加爾　倒看山天似畫延　影落閒波人寂寂　聲傳漫草鳥翩翩
露兜樹刻武陵誌　染水青岡王夢椽　心醉道邊留足印　藍湖信步棄弓弦

註釋　露兜樹（pandani）酷似手掌是搖籃山特色植物以晉武陵人喻此地乃桃源　水青岡（fagus）是一種落葉山毛櫸（Nothofa gusgunnii）屬於塔斯曼尼亞特有的地域性樹種每年四月下旬到五月山毛櫸的顏色會從金色變到深紅色詩以王珣夢椽喻樹幹　心醉步道（Enchanted Walked）是著名步行徑

五　生蠔場

倏忽人生愈半百　臨風容我放些狂　飛身欲奪群鷗食　再啖生蠔五十場

六　酒杯灣（Wineglass Bay）

一杯二百年前酒　不是銷魂是斷魂　哈澤德山凝半月　寇斯灣畔竹籬園
水清沙白形匏爵　鯨骨豹脂聚血盆　依舊腥膻縈海氣　啼聲隱隱聽魚豚

註釋　哈澤德山脈（Hazard Ranges）是欣賞酒杯灣及寇斯灣（Coles Bay）最佳之地方　二百年前漁民引鯨魚及海豹等入半月型之酒杯灣捕捉屠殺海水染紅遠看如盛紅酒之酒杯故名灣外有海豚游弋別是一境不期有如此傷感之歷史

七　平安夜遊碼頭

碼頭旁有小店品生蠔並嚐澳洲白酒微醉而行賦詩

長堤屏語鷗帆靜　比肩迎風月更清　似酒梨渦窺醉我　兩心紅線繫長行

八　野生動物場（袋貛）

袋貛魔鬼冤名久　六道群生苦有情　低首輕憐幾絕跡　君家有淚應盈盈

九　鮮果園

斜崗影動鮮萬點　杏淡厘香嘴角沾　瑤殿蟠桃疑在手　天孫拈上十分甜

十　亞瑟港（Port Arthur）

英倫囹圄瑤池地　盜跖時遷共此場　亞瑟港開原伐木　失名孤島蕩冤亡

自憐隻影又憐骨　有夢孤窗更夢鄉　如此風光曾泣血　微風細雨斷柔腸

十一　菲利普島觀企鵝（Philip Island）

斜曛搖影樂　列隊更謳吟　欲踐逍遙願　先憐小匹禽

十二　十二門徒石　坎貝爾港（Twelve Apostles, Port Campbell）

穿梭鷗鳥薄天際　颯颯清風拂草長　波誦使徒傳內事　雲開救世主慈芒

黃泥削壁成孤柱　激浪衝腰斷熱腸　十二門人齊仰首　願隨霧靄到天堂

註釋　十二門徒石於今只餘七柱其餘已塌二十世紀五十年代易名十二門徒石時只有九柱而已

十三　疏芬山（Sovereign Hill）舊金礦場址

疏芬山是淘金地　競逐瘋狂死欲淫　博物館藏人類血　丘陵礦內眾尸尋

離鄉萬里因窮苦　歸國何時帶玉金　只恐六塵纏染淨　劇療無奈欠砭針

註釋　疏芬山於十九世紀五十年代發現金礦人口與商業發展急速紙醉金迷此地亦有華人淘金致富但時有傷亡亦曾發生暴亂染淨乃第七識末那識別稱

二零一四年十二月卅日與張師少坡修士並陳偉仲梁萬成黎文軒馮漢明王良創等諸先生共遊潮州並嘗美食

一　遊湘子橋　古商埠

鐵蚵飛馳到海濱　師徒耳語頌青春　湘子梭船驚啓閉　古城輻輳覺軒轔

揮汗栽桃忘歲月　催鞭駑馬莫逡巡　偶擲春風溶秋意　仰空披髮立邊湄

註釋　高鐵達潮州約三小時遊湘子橋古商埠與張師細數學生往事回味無窮

二　訪日日香鵝肉店

殷勤一閣圓檯聚　小店名揚越海邊　群士感恩芳濟詠　張師酬答麗君咽
鵝香老嫩眞鮮始　酒味淡濃知遠年　珍惜莫辭齊放醉　情歌唱徹碧雲天

註釋　日日香名動香港店主親自介紹始知鵝肉有老嫩之分店長讓出小閣供余等聚會余志雄棣贈三十年汾酒以壯行色席上眾人站立唱校歌張師喜唱鄧麗君歌曲尤其是何日君再來在小閣數小時歌聲不輟離店時店主贈送當地蕃薯亦一番情誼

三　陳慈黌故居

駟馬拖車陳故居　雕梁金漆世稱奇　五百平房四院落　百年盛宅六親私
苦盡天涯歸舊里　好移西築立邊陂　石刻楹聯皆高手　堆金窗壁賸猿悲

註釋　陳慈黌故居是陳黌利家族所興建有四院五百零六廳室佔地二萬五千餘平方尺內中西式建築名人楹聯刻碑目不暇給其風水地稱駟馬拖車

四　宴大同建業兩酒家

臨海之鄉饕餮地　大同建業兩奇葩　龍蝦血鰻海鳥飯　魚蟹珠鮑皮炙鯊
橄欖清湯香撲鼻　鮮蠔煎烙脂凝牙　長搖食指頻加酒　眾抱肥腸笑斟茶

註釋　旅程尚有魚蛋河及全牛火鍋宴等眾人大快朵頤馮漢明老師謂此程終生難忘

五　白花尖大廟

九天玄女慈航渡　勸善圖彫廟內尋　佛道圓融齊化眾　閣簷隱約聽悲音
浮屠遙望蒼穹遠　苦海潛游感受深　難得師徒言不盡　暫辭抑憤逞豪吟

題宗兄永可先生《霜菊雪梅集》

萬卉爭芳甘寂寞　驟來霜雪更清香　結廬人境愁觴盡　放鶴孤山趕棹忙
淡淡嫩黃彰愫抱　飄飄幽屑傲心腸　寧留大塊凌風雨　不肯卑身入畫堂

乙未（二零一五）新春病中作

一　病臥床前仰看天　倒持彩筆蘸雲顛　山河萬里塡新色　笑擁羅衾入夢眠
二　力拔山兮愁病困　輕寒無力一飢身　桃花風送千千瓣　強爲新春勸酒頻
三　身弱微風難奈久　卻憐群棣拜年馳　高談仰笑輕狂事　續飲連歌忘病孜
四　飛絮寒漣灘外日　鳴禽萬木浪推移　悠悠天地皆歌韻　雲外飄來片片詩
五　吹開霾霧翻天碧　病裡看花特別妍　一卷殘雲幾急鳥　身如迷幻入天然

乙未孟春濃霧

一　幾疑身在瑤臺閣　手執爛柯覓老莊　氣吸愁雲尋大道　力揮汗血醒黃粱
好花栽後褪香馥　迷眼無由見性場　輕拍窗臺身患有　一聲聖號一迴腸

二
霧鎖香江紅日怠　茫茫高廈陷波濤　高嚮郵輪愁短接　悲鳴飛鳥失群逃
隔岸聞聲人影杳　天槎誤道入凡漕　好景原來多厄困　祛寒新暖白醇醪

三
游絲汗漫盈天宙　織女嬌嗔傾萬筐　布綠東君塡色急　負泥精衛覓洋忙
高崖撥霧尋金鏡　濁世驅塵學臂螳　探道倚牆先有淚　失舵孤楫海中狂

乙未（二零一五）與諸內兄弟沖繩遊旅

一　琉球夜宴

風吹銀羽迴天際　身在瀛洲萬事忘　泡盛三杯魂蕩漾　夷姬一曲魄飛翔
燒豚香蒜搖指欲　湯墨魚鮮嗜酒狂　牛飲山呼歌復舞　拚吞綠蟻掃愁腸

二　萬座毛

海角臨危洗熱骨　象崖如我敵風孤　群鷗無礙遊天地　孔聖嘗思覓楫桴
萬座草香尋植菊　三年耘耔嘆還珠　人生到此隨緣度　莫數春秋似蟪蛄

註釋　三年耘耔謂任孔聖堂中學校長近三年校譽日隆然分歧漸現故云

三　首里城

琉球尙氏王朝創　幾度烽煙痛毀城　贈木薩摩延漢韻　稱門守禮證華盟
明清諸帝書匾額　南北中山立國旌　抱廈重檐中國勢　登臨無奈已東瀛

注釋　十五世紀初尚巴志統一三山建立琉球國　首理城曾被焚日本薩摩藩贈木近二萬根重建　琉球國曾受明清諸帝所封城內有明清牌匾　首理城正門稱中山門

四　沖繩歡宴

圍爐盤足唐風再　招飲沖繩醉夜長　對座勸杯心煦暖　燒串數竹嘴難涼
群呼吟釀吞拿送　鍋熱肥豚玉液嘗　心事從來同酒說　叮嚀應世好佯狂

五　圍床夜話

傾情飛盞醫紅紅　小食嘉肴浴酒熊　醉裡渾忘身是客　憑窗不讓日升東

乙未（二零一五）內子芳辰遊泰

一

何以稱良夜　憐君在我傍　手尖搔背癢　嘴利品湯薑　挽臂指明月　倚肩說短長
結褵三十載　猶是小鴛鴦

二　登Red Sky慶芳辰

遊泰國寓Centara Grand Hotel其五十五樓Red Sky乃泰國地標之一綺芬生辰子夜輕歌嘉饌海鮮美酒二人共醉於此

雙燕臨飛閣　霓虹亂客叢　傾樽紐澳白　復品法蘭紅　分食憐情送　對看夢囈同
思卿如弱柳　日夜揖長風

三　臥佛寺

臥佛寺內臥佛像長四十六米高十五米每腳腳底長達五米上刻有一百零八個佛像圖案現存世界最大臥佛

已盡娑婆責　側身入涅槃　仍留一線眼　不捨眾生難　大藏存悲願　六根戀欲殘

慈風能護我　飛躍入洪灘

四　四面佛

匍匐復蛇行　叩戀名利棧　四面皆悲心　眾生無分限　如何解迷愚　八目有淚潸
珠櫝價辨難　富貴纏心綰　日夜濟急人　如何留編撰　惟送有情風　吹酸六道眼

五　唐人街

相識似曾五十年　層樓矮閣戶窗連　兒時影像面前掛　搜索零錢店內纏
嘉饌細烹師古法　鄉音碎語續桑緣　棲留百載仍狐首　幾度徘徊有淚漣

題蘊莊師妹上善若水畫

願落凡塵融五濁　卑身柔弱石摧開　河渠溝洫也經過　依舊清新潔白回

孔聖堂乙未（二零一五）八十周年紀念有感

一

新學西來欺道統　群儒艱苦續陲巔　貧窮至死黨榮耀　批鬥摧殘誤治平
三面墓林餓鬼叫　十年煙雨血絲纏　痛翻舊史驚歧路　收拾殘羹理孔筵

二

九丘八索煙塵蓋　學者南來聚講堂　山河愁望詩書喪　孤島絲懸六藝亡
寒陰凍盡栽桃角　微力尤溫植杏場　沛然天地行時雨　重振鐸聲濁海航

詠孔聖堂校園

一

何時氣節返中華　孔像愁看低嘆嗟　游藝依仁求悟道　躬耕礫土植儒芽

二

角亭疏影宜斟酌　直樹高風愛苦吟　聖學繼承如藕線　名山典籍細鉤沉

三

狂雨北風朱硯斷　壁書重懷痛津亡　荒林萬里栽新樹　好待麟蹄信步揚

四　春景二首

其一

春陽驅枯葉　芳歲接微寒　去鳥回翔悅　新芽破土繁　幽風入懷袖　輕羽落時冠　翹首雲端處　低吟倚石軒

其二

環堂樹樹碧　飛影地交遷　高閣一杯酒　棋亭三百篇　風來芳徑秀　雨滴半坡煙　大廈如峰伺　尋思理學玄

五　夏景三首

其一

菠蘿樹壯茁　池綠襯潺聲　草動蜈蚣窒　風迴促織驚　青蛙聖像憩　蝴蝶角亭迎

天籟頻相應　嫣然萬事輕

其二

又聞草氣舒人意　畫角飛檐見暮鴉　飄來棉絮擬鹽雪　隨緣送暖到人家

其三

迴影覓新宇　螳螂戀舊盟　振衣愁立石　攀條探斜坪　雪衣追飄絮　蜻蜓逐落英

醇醪猶未進　魄已在蓬瀛

六　送秋

昏黃落葉知秋遠　朗讀盤旋記腦中　明歲期君能踐約　再貽吾棣一庭風

七　讀書四首

其一

辰昏振木鐸　日夜讀書聲　棉樹愁鸝鵡　飛檐倦老鷹　隔窗招晚照　高杉仰清晴

教育賡洙泗　舞雩師棣情

寢書樓詩集

其二

六經懸一髮　誰復誦蒹葭　高唱搖身影　正襟立禮葩　南陲延指火　海角續賢嗟
夢寄英雄樹　飄然入萬家

註釋　越絕書載當此之時見夫子刪書作春秋定王制賢者嗟歎決意覽史記成就其事　校園植木棉樹又稱英雄樹小思老師當年曾勉諸生為人當直立翹首行為如英雄樹花直落而不隨風搖擺

其三

喜鵲高堂聚　微晴放眼明　秋泥迎落葉　細雨覺蟲鳴　小室詩書誦　高樓孔孟旌
居仁迎濁世　植杏樹儒行

其四

春來先寄語　秋盡香還留　濕漉草聲響　密叢披綠油　黃昏小蟒倦　入夜飛蛾浮
捧讀傳書典　殷勤互唱酬

孔聖堂中學頌

青春有夢尋理想　終生孔孟儒道伸　勞餓空乏仍推義　顛沛造次堅守仁
世事明知多艱險　忠恕誓持日日新　假我富貴無廉恥　寧願終生都食貧
達則兼濟大同建　退則守道樂爲民　親親日夜孝爲本　檢點行爲思潔身
重執傳統由我起　再使中華風俗淳

諾定咸大學同學廖蘊莊鄧麗萍Amy Molly Sophia Rose聚首留家廚房　西元二零一五年　時畢業剛二十載

高樓回首英倫影　驚倒朱顏沒雪侵　廿載波光流指頰　三樽紅釀助謳吟
參天葉落頻頻數　逑古磚痕細細尋　推棹鶄飛花亂放　青春忽訝逐風霖

乙未（二零一五）絲路行

一　初臨絲路二首

其一

百里奔馳眼底妍　江山依舊許多嬌　浪淘湧走人無數　還是風流爭一朝

其二

風光臨塞外　憶昔漢唐功　破石留名將　單騎逼敵瞳　牧羊冰雪地　鎩羽陰山戎
當日持戈地　提杯一笑融

二　鳴沙山月牙泉

萬里黃沙彎半月　數聲蘆葦響晴空　金龍蜿轉逼天際　銀鳥無拘掠壁崇
短橈滑翔嘯入耳　轡牙徐步熱侵瞳　嗢嗢之外無音線　細聽駝鳴入冥窮

三　莫高窟

宕泉河畔斷鳴沙　萬道金光樂傳哇　顧我神馳迷洞窟　何人不醉古瓊葩
低眉七佛憐愚器　婀娜飛天展羽紗　壁卷夷車囊括盡　明珠無奈碎天涯

四　戈壁灘二首

其一

灘頭歲月頻相斫　黑石無風尚帶腥　萬里捲雲無去路　伶仃孤鬼哭幽冥
耳聽鳴鏑膽先怯　身喪欑棺目不瞑　多少家書塵滿面　良人沙上骨丁零

其二

箭聲寒戍士　霜月照閨人　沙磧埋屍骨　土焦記馬痕　隱聆楊柳怨　更染玉關塵
滾滾黃河水　懷疑壯士呻

五　天山天池三首

其一

一泓碧湛懸流白　疑是仙人醉後涎　尖白擎藍爭奪目　懷雲摘露手揉舷
臨風如聽葛天韻　擣藥能求棗雪蓮　周穆梅前皆淚影　暗香縈繞九州延

其二

仙姬何處去　妝後鏡浮游　痛飲腸盈熱　輕撩嶺外綢　幽魂淪上戲　香氣踐痕留
身在梵音境　仍然懷百憂

其三

綠針浮白海　銀線印藍天　仰首飄雲髮　微寒觸敬田　不盡千山脊　綿延訪客肩
投石訊天界　何時結道緣

六　火焰山

激沙皮欲脫　極目骨潛寒　萬里無輕羽　絲風竟赤瘢　玄師拚骨裂　法相始波瀾
久立人迷惘　登臨覺肉剜

七　嘉峪關

侵身當憶明時土　獨立烽臺只欠煙　雄翼張開連壁漠　城壕重疊守邊顛
咽喉關鎖北絲路　臂指一墩東酒泉　九眼湖邊澆煙草　仰身城郭看祈連

八　張掖大佛寺

木胎泥塑涅槃相　西夏嵬咩立願延　繞柱飛龍羅漢侍　金經千卷大雄傳
流蘇白塔風玲響　聖旨碑文銅鏡連　翹望邊關名古剎　佛前低首意誠虔

寢書樓詩集

九　丹霞地質公園

斑斕如傾彩　千姿天際延　紅爐泥滓裂　鏽鐵風箱煎　峻嶺疑凝血　礫砂若赤塡
信步頻回首　天地一豐妍

十　雷臺漢墓

雷臺古墓漢圓井　曾是風流傾一時　銅騎鐵兵軍威勢　風神龍雀馬飛馳
琳琅明器空餘恨　富貴浮雲費冗辭　有淚臨風惟奠汝　穿梭瑩道聽輕嗤

十一　蘭州黃河

明師逐北驅元虜　始建浮橋兩岸皤　鐵索凌空輸客渡　羊皮逐浪斷人魂
泥黃急浪眾生葬　石像慈顏齠齔喧　今日臨河千古弔　春風滿眼是傷痕

十二　白塔寺

七級浮屠八面立　圓基綠頂記高僧　銅鐘皮鼓人仙逝　法語梵音佛大乘
清木幽林尤發響　石碑古寺探無憑　感念和尚慈悲願　頂禮前賢表戰兢

註釋　白塔寺鎮寺三寶是象皮鼓、紫荊樹及青銅鐘紫荊樹已枯青銅鐘是清代複制只餘隨僧而來之象皮鼓白塔水為明代建築群惜文革後多處被毀

乙未中秋贈內二首

一　燈始暝延天碧淡　銀潮去後覺非還　人生得意能攜手　醉裡偷閒入夢閒

二　倦極高樓寒澈骨　年年此日最關情　清風日夜總隨我　凡島今宵月更明

乙未中秋夜超級月亮

值地球與月球相距低於三十四點五公里即稱超級月亮較平常月亮大約十二巴仙前次見於癸巳年

數載相逢日　懸鐶半壁山　風清憐燼熱　雲起掩熅難　奔兔汗流急　嫦娥酒氣殘
金光持手贈　清照細憐看

乙未季冬香江歷五十九年來最寒日

西元二零一六年一月二十四日下午三時四十分香港錄得攝氏三點一度低溫是五九五七年以來錄得最低氣溫自一八八五年有紀錄以來全年第三低溫觀塘及九龍城氣溫罕有地低至一點九度新界各區普遍只有一至二度新界北部局部在零度或以下在太平山山頂氣溫降至零下一度出現大範圍結霜和結冰的現象山區氣溫降至零度以下二十五日清晨四時大帽山跌至零下六點七度是該山一九九六年有紀錄至今以至香港境內的歷史最低值路面、草木以至全港多區和山區皆出現廣泛結霜結冰雨夾雪消防人員在大帽山救出被困賞霜人士及越野賽參賽者愈一百一十一人

一夜冰盈國　雪苗何處吹　風凝前頰赤　凍裂指尖垂　山岫寒侵骨　徑斜霜入肌
相逢將六十　長綠白離離

二零一五年十二月三十日與張師少坡修士並陳偉仲梁萬成黎文軒馮漢明王良創余良益等諸先生遊恩平新會享溫泉並美食

泉林溫水煙瀰漫　懶臥擎杯睡意濛　藥膳鮮魚來罕地　陳皮新菜自深叢
今宵清月同翹首　明歲青山再接風　祈願年年雲水處　與君閒話洗聵聾

題《棣萼詩詞集》

載協飛芳文海漾　醍醐詩句化鷹鴟　生輝棣萼贏青眼　燦爛珠璣勝白脂
揮筆沈吟師李杜　行文錦繡挺葳蕤　花間縱有千千樹　爭看春來第一枝

賀內子丙申（二零一六）芳辰

無語倚高樓　相依看海流　醉人豈是酒　沁骨是溫柔

凌晨夜雨

光影連絲奔四野　愁雲暗雨草昏昏　人因有夢情常在　樹縱無枝氣尚存
擊浪急風疑歌韻　凝牆白露似啼痕　驚雷此夜何時寂　枕上思量動靜幡

丙申（二零一六）年先母遷墳

先母遷墳在即夜竟夢母歷歷如真窗外風雨屋漏如泉母子執巾清洗母知我喜燒肉午飯備之飯後離家母叮囑多加衣醒後整天不能言語思母之情未嘗稍減恨母生前未能盡孝

遷墳夢母悵依依　屋漏風搖火又微　囊盡仍供烤炙肉　叮嚀還是勸加衣
餘生何事酬恩典　惟教來賢侍母幃　不管三千如濁浪　尚餘一線透春暉

丙申（二零一六）夏冰島格陵蘭之旅

一　雷克雅未克（Reykjavik）之藍湖溫泉（Blue Lagoon）

連綿白雪遊人逼　地熱溫泉水若咽　恐是仙人曾浸浴　仍留餘韻洗憂煎

二　國家公園（Thingvellir National Park）

北美連歐亞　露天議政情　隨肩黑石矗　入耳清流鳴　長道尋懸瀑　教堂弔墓清
何時民主氣　繚繞北京城

註釋　北美及歐亞板塊在此會合

三　黃金瀑布（Gullfoss Waterfall）

鍛就黃金粉　白珠繡彩虹　斷層經鑿斧　流激若羆熊　霧氣沾霜鬢　輕塵逐靄風
驚疑世外境　銀漢落河中

四　間歇噴泉（Stokkur Greysir）二首

其一

身臨濕熱琉璜境　隱覺潛龍地底藏　志冀凌雲衝浩瀚　盡舒胸臆發清狂

其二

久盈摧壁乾坤力　就待時機噴浩煙　縱使眾生貽白眼　誓將騰氣送天巔

五　傑古沙龍湖（Jökulsárlón Glacier Lagoon）

感懷冰川落　溶溶成泊湖　兩棲船上戲　千歲雪藏壺　海豹寒崖喘　鱈魚靛海娛
可憐天地變　水淹見山孤

寢書樓詩集

註釋　傑古沙龍冰河湖屬冰河瀉湖位於冰島東南部環島公路邊介於霍芬鎮與史卡夫塔之間源自於布雷莎莫克冰河（Breiðamerkurjökull）藍色浮冰緩緩流經傑古沙龍冰河湖而進入海洋形成特殊美景
一九三二年接近環島公路之冰河口溶化快速因而積成湖泊湖泊僅有七十餘年歷史因魚量大海豹常現於此

六　高莎瀑布（Godafoss Waterfall）

古諾斯神歸急瀑　孤身冰島已無憑　閣浮回首低聲問　家在天臺第幾層

註釋　約西元一千年阿爾辛國會時代通過基督教為國教後將古諾斯神像投入高莎瀑布以示信主堅貞

七　胡薩維克觀鯨（Husavik）

鯤鵬千尺潛風舞　拍翼扶搖萬里連　捋袖騎鯨游汗漫　飛翔高誦逍遙篇

八　野外策馬行

群雄聯馬踱　起步失三魂　氣急衝平路　力疲躍石礅　懸空險失足　環穴怕彎蹲
野外驚魂定　驊騮也汗臀

註釋　冰島馬矮小但耐寒長壽、是著名馬種

九　格陵蘭夜航冰川二首

其一

日照淩晨景　神魂未克安　冷風雲鬢亂　冰結一身寒　鷗瑟白崖嶺　鯨迷大海灘
偷閒清境臥　光鑽輕舟盤

其二

冷壁千尋寒眼線　飄來映面小銀花　守桃仙子忽惆悵　偷卻瑤池一抹霞

十　格陵蘭

身如無待北溟游　不盡寒川眼底浮　大地有情容萬物　人生不外逐飄蜉

滄茫極目盈盈白　火宅煩心密密收　庸鰈蘭鯊隨浪任　好持莊夢看塵流

註釋　格陵蘭鯊又稱大西洋睡鯊、灰鯊是大型鯊魚出沒於格陵蘭和冰島周圍之海域視力近盲可活數百年庸鰈為比目魚雌雄終生相隨

十一　冰帽遊三首

其一

琉璃敲碎隨光轉　染白流蘇障仙臺　十二樓中人隱隱　未曾陶醉意先狂

其二

水湧山崩聲震震　誰人吼怒酒催忙　群仙今夕參酺宴　急舉冰盤奉玉漿

其三

碧空橫水流千鏡　人在妙音似夢旋　魂隨野馬遊天地　只剩寒軀立悄然

題關應良老師　雲外樓詩詞集

釣客橫舟臥　茅棚隱士閑　流雲千里樹　輕羽萬重山　壁削垂松插　驚濤急浪彎

寢書樓詩集

浮生如有夢　清魄入圖難

丙申與四兄永全先生共慶六十生辰鐵板燒宴於鑄日式餐廳並序

兒時家貧與兄共榻十數載兄睡前常説鬼魅故事使余終夜難眠中三時為破恐懼鬼魅半夜獨自到鑽石山墳場以練膽色少時曾將橙籽西瓜籽下肚害怕有事兄於床板繪圖謂是籽成形後我口有橙味及西瓜味不必害怕又嘗遭惡少毆打兄以身護我狂叫勿打我細佬後與三兄永滔先生同住兄弟三人常傾談達旦倏忽數十年兄弟髮鬢霜白此情卻永不銷

記得榻前談魅影　更欺吾昧樹生腸　挺身護弟迎諸惡　達旦摴蒲設論場

歷盡艱難肝膽照　偶然得意酒肴量　輕煙翻起無猜事　淚髮蕭蕭六十霜

二零一六年八月於鍋居火鍋店餞別港大社工系同學梁文治移民澳洲出席同學婷婷

Wing Viola Tiffany Margaret Karen

早將熱血薦青春　巔嶺嚶鳴相和頻　受冷耕牛難寂寞　倦疲良驥不呼呻

遷居他域導迷路　守璞同窗續恤貧　今日依然游濁世　爲憐眾苦困風塵

贈諾定咸大學並張門同窗

一心容宇宙　兩目度千尋　橫翠輕風漾　激波逐水流　拈花思佛意　登石仰天幽

還我此身潔　隨緣濁海浮

丙申中秋贈內二首

其一

且將心事碎成灰　笑語銀光共徘徊　除卻今宵難好月　江風憐我澆愁回

其二

流雲銜桂星昏闇　依舊迎狂照海隈　半醉盈盈情更放　相看竟夕九腸迴

三十周年（二零一六年）珍珠婚紀念贈內

三十年來休共戚　已將心事互通融　春風桃李齊栽植　秋夜蟲燈話西東
晨興笑嗤情未已　晚來握手夢相同　對看默禱期千世　再與郎君織彩虹

永光同學畢業四十周年夜聚有感

芽夢遙遙驚四十　可憐霜鬢役三千　長年熙攘浮塵濁　今日相逢忽少年
沉醉青蔥尋雁影　偶翻情信惹心煎　如流歲月催惆悵　憶記朱顏抱蜜眠

西元二零一六年十二月三日大姐與姐丈治平先生金婚於彌敦酒店嵩雲廳設宴慶祝

青春相托付　髮白倚肩憐　塵世神仙侶　天寒並蒂蓮　對看情切切　執手意綿綿
今夜高樓宴　擎杯感淚漣

寢書樓詩集

丙申（二零一六）年冬與陳玉群　葉海怡老師並諸生哈爾濱　漠河之旅

一　訪哈爾濱工業大學

興邦鐵道業　艱苦築天桴　校建乘俄勢　寇侵變日俘　化民科教事　振國宇航圖
悄立邊陲地　冰寒出亮瑜

二　北極村

眼底只餘白　東君匿熱泉　尋梅香不覺　修竹影無全　木殼欏盈眼　極光圈北延
砍柴供火爨　古道此中傳

註釋　木殼欏是北極村特別建築模式以木條建屋有地牢不藏食物過冬

三　聖誕村

北緯觀耶誕　鹿車銀髮嗤　芬蘭似在目　冰塑若眞姿　追影投銀粟　攀條落冷絲
競邀髫齔至　逐月共開眉

四　黑龍江

自古荒蕪流放地　黑鳶騰碧候屍愁　迫簽瑷琿終留恥　強搶江東聽敵謳
六十四屯仍繩縛　烏蘇里旁繫俄舟　臨江遙望思今昔　惆悵冰頭幾釣叟

八國聯軍侵華俄軍以武力進佔江東六十四屯

五　北極廣場

四野無顏色　空留舊軌痕　羽迷北哨站　馬瘦棲沙墩　澡雪寧魂寂　捕寒洗欲根
默祈南地暖　輾轉到邊村

六　哈爾濱

金京浮腦際　幻覺歐城規　俄日爭雄地　華民苦虐期　徘徊索菲亞　惆悵蘇聯碑
信步繁華道　隱聆死者悲

註釋　聖索菲亞教堂是中國境內最大之東正教教堂
蘇聯碑乃蘇聯紅軍於一九四五年佔據哈爾濱時立

七　極北觀雪

拜辭天漢飛旋舞　六角菱菱絕惡侵　我有清香人不覺　偷身自靜入荒林

丁酉（二零一七）新春與內子及諸生丹麥交流

一　居 Sideporet Hotel, Holbaek 六首

其一

灰空微雨擾人愁　彎角玻璃放目遊　過盡繁華尋一靜　敞開心鎖看雲流

其二

船泊岸邊聲悄悄　飛鷗幾隻懶尋魚　商燈難得遊人照　偶脫纏絲手按書

其三

風寒促膝餐名店　淺酌堤邊洗累繁　且把心歌風裡放　盤旋佳韻入靈魂

其四

近晚傾樽連耳語　相攜少醉徑斜行　桃源借問知何處　沾首瓊香是落英

其五

濤聲木壁酒餚煙　短棧濃情我亦憐　車笛幾聲流夢裡　臥看毛絨小窗旋

其六

蕭然枯雪地　幽角現新芽　莫謂冬風冷　處處著情花

遊克倫波古堡（Kronborg Castle）二首

其一

哈雷姆特迷情結　醉酒佯顛報父仇　割斷恩親施殺手　此身無奈也隨溝

其二

古堡克倫波　岸臨瑞典戈　咽喉鎖海峽　量幣許隨渦　文藝藏華殿　莎翁記劇歌

臨風憑弔久　石圍細摩娑

註釋　克倫波古堡是大文豪莎士比亞名著《王子復仇記》哈姆雷特故事所描述之背景城堡　城堡所對海峽乃波羅的海及大西洋航行船集必經之處時任國王向路過船集徵稅是國庫最充足時

三　哥本哈根夜市二首

其一

夜來冷雨車聲沸　亂眼霓虹妄意隆　排闥商門人影亂　繁榮鏡內似孤鴻

其二

煤火赤然留小駐　願提樽酒對寒歌　六塵但願隨風去　歷盡浮華又劫戈

四　運河遊

橋頭悄立風掠鬢　低首河床塑像迎　長櫓攜雲終是幻　輕波趕舳會難成
客船連鎖排潮岸　舊宇彩筆繪新瓊　多少流星明晚照　碧光萬頃許燃情

註釋　運河河床有人魚像記述人魚相戀故事　運河旁多上百年舊居有新式外觀及圖案其中多港人物業　河接大海可觀看著名人魚雕像

五　國會餐廳

高樓遙望參差廈　百載興衰細細量　漢薩同盟城壘毀　瑞英悍戰萬家亡
憑欄但覺風常煦　舉酒微吟夜更長　相信聖人無地界　爲憐萬物破壁牆

註釋　丹麥曾遭漢薩同盟瑞士英國入侵城被破壞

六　哥本哈根老店晚宴

壁爐火影寒軀暖　悵對昏燈憶故魂　橫逆時權青史鑄　力爭公義百黎冤

唏噓古道思修節　緬懷膏餳夢北萱　對飲相看齊感悟　思量情性果一元

註釋　店名乃取丹麥古賢人名字反對暴政而遭肢解　丹麥好友Torus乃哥本哈根大學畢業兒時家住附近母親生日始得到此餐廳用膳是兒時盛事撫今追惜别有情懷

七　群棣戲雪

一展青春狂野態　迎寒擲雪舞翩翩　相推躍跳齊奔走　憶我當年也汗漣

丁酉（二零一七）與陳偉仲梁萬成黎文軒馮漢明王良創余良益等諸先生韶關遊惜張師少坡修士違和缺遊

一　南華寺

一角清幽成世外　凝神長煥五心香　無相即起菩提性　平等就如佛道場

求證請從遷過始　修禪宜就直中行　默然期與惠師印　勤掃五塵四見忘

二　小黃山

迎松裊繞寒煙鎖　千級石階足斷魂　倚樹攀條疑紫閣　開襟露襲若蘭軒

香隨薄霧薰衣領　風引苔痕到石墩　仰首尋仙驚在眼　更聞青鳥乳峰喧

註釋　小黃山頂峰稱乳峰

三　親水谷

臥龍壺峽風如羽　仙女亭邊訪宓妃　偶避鋒林輸劍客　爲迎新月脫戎衣

盡除瑣屑尋陶柳　洗卻煩絲覓偓佺　山水也知人事罕　頻差小蝶說依依

註釋　親水谷多壺穴地貌　偓佺古仙人
槐山採藥父也嘗贈堯松實出列仙傳

綺芬丁酉生辰遊杜拜

一　阿布達比大清真寺（Sheikh Zayed BinSultan Al Nahyan Mosque）

赤炎堆上無垠雪　閃閃金光逼首翹　八十頂圓圍禮塔　萬千教眾向神朝
晶燈已把彩虹奪　地毯偷將百卉招　疑是仙家爭賭技　凡間忽到逞功驕

註釋　阿布達清真寺有八十二圓頂全寺鋪上數十萬噸黃金及無
縫地毯六千尺樸素中見金碧輝煌是宗教建築之代表作

二　詠沙漠

如箭黃沙飈野外　四驅疾走逐風馳　長居荒地甘寥寂　遠避凡塵不妖姿
灰隼炎風頻獵物　紅粉夕照若臨師　時霖假我翻焦土　天地如春香遍涯

三　與內子觀民族表演

腰如蛇蜿姿　火若流星遲　晴碧無雲掛　炎風灼粉肌　相偎鴻雁影　執手鶼鰈馳
但願有情雨　長窺連理枝

四　遊黃金街及香料市場

小船搖曳到金街　千果百椒列等排　絲路何曾薄杜拜　香風沿線入天階

五　哈利法塔

凌雲尖頂非虛事　入漢冰魂手可持　法塔摩天驕杜拜　千金如土潑天涯
人尋五欲皆迷惘　色幻迷樓竟自欺　就眼群黎多苦惑　身臨瑤殿細量思

痛懷張師少坡修士並序

二零一七年六月七日張師息勞歸主晚友生傳來往影重睹先師風範情動於中忽爾淚流披面盤旋腦際者皆追隨杖履之景擬七律以抒鬱結詩云

身教寡言傳博愛　誓持規誡死方休　捲書常憶獅吼訓　舉箸猶聆惜別謳
手澤重翻忙掩袖　醇醪怕飲奠聲啾　星塵今夜添君影　捋眼風前淚不收

悼恩師張少坡修士並序

張師安所彌撒所播片斷有修士培植大樹圖眾猴嬉戲其間此圖觸動眾心靈扶靈間只聞啜泣聲幾不能自已晚大雨滂沱有小蛾棲窗外內子已哭不成聲疑張師附之雖茫昧無稽稍慰思念之情矣

已斷紅塵離幻境　了然俗累悟空花　難辭大樹點猴影　尤憶故園植杏芽
歸矣父鄉迎聖詠　魂兮窗外聽余嗟　期君掃席天階待　再續師緣共酒茶

張師逝世周年有感

臨風呼天主　仰首奠津瓊　歌罷千杯酒　詩成滴淚情　撫杯憐弱影　舒卷懷嘉行
隱約林高處　仍聆師訓聲

詠梅

憑窗倚閣俯人潮　嘗站崖邊敵雪蕭　縱使清芬人亂折　馨香留掌不曾消

連連霪雨　心潮不定　賦詩以抒意

天淚連宵窗滴漏　心潮緒亂怯風雷　可憐今夜愁如雨　掃盡千行又灑來

丁酉夏與四兄永全先生兄嫂　及諸內兄弟韓國遊

一　韓牛宴夜宿Alpensia intercontinental

數杯蒸米難辭酒　烈火紅爐餞熟牛　剪碎是非和玉饌　笑將閒話混時謳

剖心唱誦撩愁魄　奮翅宵旰覓蕙樓　枕雨眠風追皓月　青蓮到此也棲留

二　觀北韓潛艇並船艦

殺戮愁雲三八線　相煎箕豆痛無窮　頹危艦艇爭空勝　人命微塵逐細風

三　Alpensia intercontinental 水上樂園

盛夏逢清瀑　急泉童亂鑾　螺旋湫底泳　盪漾水瓶還　暢快欺炎熱　舒緩浸暖灣

盡蠲塵俗氣　還我少年顏

註釋　樂園多項水上遊戲設備如螺旋、如水瓶

四　牧羊場

斜坡茵色滿　白石困圍薪　長鬣徘徊倦　柔毛覓食頻　混冰形雪影　採色踐泥塵

珍惜同舟渡　相憐盡此身

註釋　牧場多羊群一家老少以餵飼羊群為樂　場內種植時花奪目者為滿天星爭相留影　主人善制雪糕擾擾攘攘雪糕成形亦一樂也

五　海鮮宴

一掃繁纏事　傾樽在此時　愁腸容比目　空腹納魚脂　奪魄鮮鮑醬　銷魂八爪葵　情深厤浦宴　但使願無移

註釋　海鮮宴設厤浦水產市場內鮑片及八爪魚皆生食蘸以山葵醬油其味無窮

丁酉夏與中國文化院吳建芳女士　能仁學院單周堯教授　教大施仲謀教授　黃彥勳　招祥麒二兄河南文化之旅同

一　黃帝故里二首

其一

勇戰蚩尤攻涿鹿　結盟部落有熊臣　養禽畜牧繅絲急　立曆指南創字頻
割地官雲五帝始　封禪冠冕九黎賓　臨宮仰首橋山遠　開我中華第一人

註釋　割地指分封　黃帝立官以雲稱之管宗族稱青雲管軍事稱縉雲等　橋山相傳黃帝葬處

其二

風雨三低首　浮雲一段情　徘徊始祖里　追憶族初盟　肅穆雲門舞　悠揚諸夏鳴
文明由豫地　永揖軒轅名

二　遊具茨山

具茨山上煙雲繞　四野青松競上天　斜徑牧童談治國　霧山隱祠寄天仙

帳裡挑燈承古緒　杏壇揮筆續經傳　壁畫石棺應有意　尋根到此忽茫然

三　遊殷墟

甲骨輕提心尚戰　文明由此入農笆　泥坑枯井皆人骨　玉器青銅若碎沙

愈百宮基成廢土　萬千文物露光華　縱使繁榮傾一世　回望不遷是落霞

註釋　出土墓穴多人殉馬殉只婦好墓已有十六人殉　殷墟附近先後發現愈一百一十座商代宮殿宗廟基址　超過二千五百座家族墓穴、手工業制作坊、甲骨貯存穴、族邑聚落遺址被發掘可謂古代文明大寶藏

四　嵩山少林寺

技擊聞中外　登臨覺芳馨　跋陀傳法地　初祖建禪庭　古剎曾災劫　重階歷風霆

摩挲思聖蹟　翹首望山屏

五　禮許慎墓

精研篆籀別條理　統攝六書意義清　開創說文天地號　破迷解字鬼神驚

十千血汗珠璣現　五百艱難部首明　到此群賢皆贊歎　長思萬古叔重名

註釋　說文有五百四十部首部首統攝字有九千三百五十三個　吾等後學仰先賢遺蹟油然生敬意俱行三鞠躬禮

丁酉遊墾丁高雄

一　墾丁鵝鑾鼻公園

孤零白塔朝藍海　放眼海鱗閃不停　幽谷攀臨好漢石　虬榕穿就迎賓亭
珊瑚礁石奇思境　窄穴排峰傲逸情　輕拂長條思五柳　待披散髮結鷗盟

註釋　園內風景有白塔好漢石迎賓亭等

二　高雄旗津島

紅磚短岸伸　機楫赴旗津　電騎迎風滿　急行逐影塵　離島連歧道　佳店品鮮鱗
處處皆天韻　迷人立海濱

三　六合夜市

滿頭燈影光如畫　一棧一窗百味濃　何必高樓伊尹液　提沾小碗宋娘茸
摩肩就說珍饈釀　閒坐暢談政客蹤　我想聖朝當如是　能歌擊壤道無壅

四　打狗英國領事館

風塵隱記百年事　牆拱石磚英國風　對景忽思鴉片戰　臨風有淚致遠窮
小樓閒坐鼓山日　圓檯淺斟古道蓬　足印沉沉緣弱勢　唏噓孤島仰蒼穹

丁酉與諸生訪西昌彝族之旅

一 遊大涼山

掩映仙姿逸霧林　隨風追聽草芝音　踐泥捉霧投山嶺　揮汗尋香覓異禽
西側美姑山起伏　東南金谷江水吟　遙望胸襟自開闊　追憶前賢好脫簪

二 西昌衛星發射基地

遙望銀河星百轉　果然六合換新天　嫦娥從此難寥寂　八十流星碧漢傳

註釋　西昌衛星基地先後發射八十多枚衛星到宇宙

三 遊邛海

斷陷成湖一碧收　遠山雲淡照荷浮　西波鶴影尋鰍跡　煙雨鷺洲逐鯉游
兩袖輕塵隨霧散　半腔抑憤和清流　諸緣鏡底暫存寄　好放狂歌踏柏舟

註釋　據研究邛海是因地震下陷而成　西波鶴影在邛海濕地北起邛海公園東連邛海岸線煙雨鷺洲地處邛海北岸南臨海河入海口西靠觀海橋北沿規劃環海步道東接新沙灘

四 觀彝族歌舞並嚐彝宴

向眼霓虹聲入韻　軟腰舞擺古風留　涼山白酒陀陀肉　百疊彩裙褶褶浮
捧酒主人勸客飲　連歌彝女邀同謳　相攜俄木高臺舞　更逐飛觴忘道憂

註釋　陀陀肉即豬肉彝族人用以奉貴賓　俄木・沙馬・牧璣是高昌學院教授隨團介紹彝族文化是電視劇《西遊記》彝族歌曲主唱人聲音雄壯

五　訪山區彝族小學

香風草影崎嶇徑　迤邐青蔥入眼量　群娃追逐驚稀客　百手調湯聚小房
參差矮屋隱豚犬　錯落橫田短宿糧　辛勞還未可裹腹　輕撫垂髫暗斷腸

註釋　訪山區小學吾生俱投入與山區學校諸生共午膳共唱和共舞蹈且作籃球比賽惜探訪山區居民吾生等不能忍受雞豚之味不願入內共話甚失儀

附　二零一七年冬　忽接李思晉兄（老狼）猝逝消息　悵然不能語

提杯當日語平生　醉倒尊前笑語盈　肯沽名駒酬白墮　追思粱肉謝寒鳴
攀懸俯伏寫眞像　問訊傳心掛劍情　瓊液瑤漿誰接手　臨風淚奠餞君行

註釋　老狼兄慷慨豪邁幽默風趣熱愛攝影曾說一是不喝要喝就醉一是不吃要吃就盡　一日忽接手機來訊道「總是想起你」使吾竟有暖意綿綿之感不數日卻接駕鶴之消息人生無常竟至於此

丁酉中秋

一　宇宙無涯懸淡月　都言天上是蓬萊　憐君孤寂頻傾酒　塵裡浮沉笑幾回
二　瓊漿不斷青蓮羨　也效狂歌肆飲豪　浮白隨光衝大海　爲酬佳釀送歸濤
三　繽紛瑤殿仙姬宴　訴盡煩愁伴酒眠　醉後微吟狼籍甚　明朝躍馬又揚鞭

丁酉冬遊西雙版納並老撾

一　勐泐大佛寺

佛寺密檐尖角頂　南傳經典見雲南　反思欲網五龍惡　學步修持一缽男

疊脊重階窺聖殿　青條彩緒帶晴嵐　人生苦諦誰能說　八萬四千貝葉函

註釋　勐泐大佛寺位於西雙版納景洪市始建於明代是傣族王撥龍為其去世愛妃而建原名景飄佛寺咸豐間毀於戰火西元二零零五年重建　寺內有五頭龍喻五毒寺內有持缽僧人像吾仿其站姿　佛殿有緬式及傣式建築並不同類型佛塔　傣族有數百部長篇敘事詩稱傣文大藏經號稱八萬四千部主要刻寫在貝葉上稱貝葉經

二　西雙版納

西雙版納古南詔　萬頃良田十二開　水色瀾江如多腦　風吹雲貴似蓬萊
蔓籐古樹盤根錯　普洱珍粱逼目來　自古蠻荒融新浪　潮歌唱遍碧天回

三　野象谷

溝河交錯森林密　樹影侵侵帶煙霞　野象來回淺灘憩　獼猴巡逡綠巔哇
停留棧道凝仙氣　觀獸木圍品時茶　感慨眾生忙軀殼　已無餘力返梵家

四　熱帶森林

十度離經緯　叢林汗濕裳　參天喬木立　繞腳樹根長　傣女施涼雨　百蟲噪熱翔
人迎微雨境　不繫掃晴娘

五　龍坡邦皇室博物館

瀾滄皇室三頭象　十五角蛇換主人　草木樓前痕跡舊　萬千蝸角逐飛塵

註釋　皇宮高簷有三頭象及十五獨角蛇金徽三頭象喻古代三國及吉祥智慧之意

六　龍坡邦普西山（Mount Phousi）浦賽寺觀日落

幾片雲霞金碧曜　嵐光掩映遠看齊　凝身期有清暉滌　漱罷胸襟不自迷

七　清晨佈施

匍匐佈施三寶德　好收狂態鎖心猿　晨曦默誦大明咒　長路徐忘五識喧
思慕莊嚴僧法相　來還歷劫債親恩　難培割肉餵鷹志　慚愧明前困欲樊

丁酉（二零一七）悼三兄永滔先生

兄年少為學徒每週只回家一次其孤獨可想常查看余功課作業並教余算學自立廠房後多失意難支吾兄脾氣不佳往往執意而行每遇困擾幾只得余與兄籌謀人生匆匆想吾兄一生未嘗暢意

君生命苦廢書業　少小人籬困活謀　憐弟魯愚教數算　此身窮運積牢愁
蕭然四壁憑誰問　力盡雙拳抗逆浮　來世再依林下約　分金共盞掃嗟憂

再悼三兄

詈罵咆哮作劫灰　舊痕殘夢剩蓮臺　期兄了卻前生業　西方參學見如來

逆耳詩草

戊戌（二零一八）春至

花落香猶播　霜消氣尚清　憐風不忍步　聽雨息塵聲

戊戌新春與陳偉仲梁萬成黎文軒馮漢明王良創余良益劉文光等　諸先生並伍于健兄

越南河內遊

一　西湖鎮國古寺

霪潭綠影倒浮屠　竹帛湖邊踏古衢　半島傳經留舍利　高僧說法掃青蕪
菩提佛慧越南繼　曹洞宗風鎮國呼　歷劫仍憐入世苦　以身覆地築安塗

註釋　鎮國寺旁西湖古稱霪潭又稱霧潭　寺處半島寺內多得道高僧舍利塔　印度總理曾致送佛成道時菩提樹之枝續植於寺內　十七世紀雲風住持遺言本寺宗風是出禪宗曹洞宗

二　舊城區

長街小巷舊痕跡　眼底層樓韻味濃　電線連天燈柱矗　銀鉤掛物少時逢
萬天烽火成煙事　今日遊人憶戰蹤　戕伐多方仇相殺　盡埋屍骨再栽松

三　水偶劇

憐君本是喪家舞　幾度浮沉嘉會呈　長笛提琴皮鼓震　火龍水鴨眾娃鳴
郭郎憔悴隨波湧　鮑老嬉哈結網營　咫尺人間眞夢覺　池淺彎角八垓成

註釋　偶戲古時乃用於喪禮　郭郎鮑老古時對木偶之戲稱

四　下龍灣

穿梭一葉千岩落　藍碧萬頃百趣成　相吻公雞情切切　橫行奇象嘆丁丁

和風倚洞閒雲住　短步憑欄意散停　鶴夢疑眞迷幻境　心閒天籟自然鳴

五　文廟

劍湖左畔聖人廟　儒學開宗李祖推　願借孔燄明黑夜　期張論孟顯天儀
庭園三進先師像　刻石雙邊進士碑　尋伺吾心仁至矣　身臨五濁覺清漪

註釋　文廟建於李朝太祖

六　海鮮夜宴

初陽鉤月逢河內　擊案謠歌不住喧　難爲往非輸氣魄　只因今夜醉人魂
傾心秬鬯憐殘滴　附掌天廚惜鱖豚　翹首披襟搖玉爵　流光掠過見霜痕

戊戌仲春遊三峽

一　登黃鶴樓

騎鶴留仙跡　荀環現醉容　飛簷思呂祖　高閣立蛇峰　三楚一樓著　群賢萬句題
千秋興廢事　且聽頂銅喁

註釋　《齊諧志》載仙人王子安曾乘黃鶴至此　《述異記》記荀環曾與仙人共醉於此　現存黃鶴樓古物只銅鑄頂樓

二　武漢東湖賞櫻

一放不收寧急折　人生長短若風笙　隨形飄落旋歸去　混和泥污再死生

零雁情僧橋踏破　斷腸蝴蝶夜悲鳴　春風輕挹貽冰魄　憐我窮愁舞落英

註釋　櫻花艷放而短促如流星光芒而短暫　蘇曼殊有詩芒鞋破缽無人識踏過櫻花第幾橋　蝴蝶夫人歌劇感人至深夫人堅信美國夫婿必信守諾言回日時至而夫婿竟已另娶夫人特以花佈置家居待夫想必有櫻花後與子捉迷藏而自裁讀之常耿耿於懷

三　油菜花田

本可春心翔萬里　而今搖曳入廚場　粉枝淬幹捐鮮血　更讓殘軀伴粳糧

四　遊荊州古城

映落城牆角　垂楊拂渚宮　靈均悲社稷　熊侶嘯蒼穹　古道桃花植　夕橋人影叢　英雄俱往矣　迎面晚煙風

五　張居正故居

慕君才絕倫　隻手挽危貧　鞭法增財儲　考成斷大臣　安邊選猛將　扶主握丹綸　千載一相閣　蕭條寂寞身

六　西陵峽

北岸青灘白骨塔　猶聞鬼哭冷添愁　仿佯壁崖疑燈影　激盪長溪是喘牛　寒月江湖彈劍鋏　停杯餔歠看吳鉤　西陵今日風如水　夢裡波濤不肯留

註釋　西陵峽北岸嘗有船翻側死者無算故云其餘尚有兵書寶劍峽牛肝馬肺峽黃牛峽燈影峽等參差其中

寢書樓詩集

七　三峽人家

溪靜游魚隱　披風收網繁　倚欄驚雨落　坐石怕聲喧　縴夫擬搶船　賓階喬慶婚
歌旋幽谷韻　萬物自天源

八　三峽大壩二首

其一

蜿轉狂龍今俯首　壩橋停駐幾方舟　千年古蹟留江底　百億機樓積後憂
山嶂天然流水舞　平湖隱約峽高浮　天君搖鏡驚雷疾　恐怕凡間截電流

註釋　大壩之成諸多隱憂願天祐吾國　天君乃電母之名

其二

郵輪橫閘渡　風景已千殊　齊蘸長江水　重描建國圖

九　神女溪

筆峰棋布處　怪石映千奇　攀樹濕雲鬢　垂條走健兒　高尖阻日照　平靜集船齊
族女聲歌吭　停雲細聽癡

十　巫峽

游龍玉帶連天際　磅礴洪流擊樹椏　兩岸猿聲啼舊血　壁崖草木換新芽

回清山鬼遮層巘　峰影瑤姬掩霧紗　不必襄王憐入夢　餐風飲露衣天霞

註釋　瑤姬神女名也

十一　瞿塘峽

白帝城中多憾事　滔滔江水送夔門　白鹽赤甲銀光劃　地窟天關舸艦喧
愁煞漢唐關塞月　唏噓中國五星幡　憑舷午夜聽潮響　隱隱聲傳盡淚痕

十二　遊石寶寨

女媧失石孤峰現　木構飛簷十二層　築禦依崖能化米　建危玉印駭蒼鷹
螺旋雲梯眺江水　鬧海蓬萊仰佛燈　大塊茫茫迷蝶夢　流風逝歲足遄征

註釋　石寶寨初建時九層喻「九重天」後增至十二層臨江陡壁形如玉印故又稱「玉印山」有客見鷹從玉印山下層層盤旋向上飛遂以此意建成樓閣　傳說古剎後殿有一石孔口大如杯稱「流米洞」每日有米流出供養諸僧　閣頂古剎有「哪吒鬧海」浮雕及「小蓬萊」瓷崁

十三　重慶洪崖洞

重慶城開十七門　洪崖懸立勢如蹲　形態參差全吊腳　樓簷積疊若天閣
霧氣嘉陵尋日落　紅燈酒肆吮聲喧　指點風前思往事　城前屢變是旗幡

十四　遊三峽有感

夢裡長江翻急浪　眼前風靜入平湖　惟將熱血和清淚　再畫江山萬里圖

寢書樓詩集

戊戌（二零一八）遊巴爾幹半島

一　塞爾維亞諾維薩德自由廣場、聖母大教堂

自由廣場位於聖母大教堂前教堂高七十八米廣場有行政大樓兩旁盡是商店步行往建於一九零一年主教宮是拜占庭式建築其間有不少啤酒小食餐廳惜不接歐羅適巧主教宮旁之教堂舉行婚禮又一特別經驗矣兩旁樓房多不過三層窗户全向廣場導遊解説是父母遠眺自己女兒是否已有意中人之點想天下父母俱如是沿石板路向河邊處行就是著名多瑙河

終極人生夢　平權更自由　百年聖母護　此日商家遊　閒舉咖啡碟　輕撩啤酒漚

小窗愁望眼　盡是母心憂

二　塞爾維亞St Sava Church, Belgrade教堂

聖瓦薩大教堂是塞爾維亞最大之東正教堂聖瓦薩是塞爾維亞東正教之創始人西元一五九五年被鄂圖曼帝國首相思南柏夏（Sinan Pasha）焚燒其遺體教堂被燒三百年後（一八九五）計劃在遺址重建教堂至二零一七年外型建築基本完成

十字高懸基督愛　聖人環視憫群生　焚身灰燼留堅信　建殿輝煌記雪貞

五百年來墳幻泡　四千噸石立煙瓊　對看愁煞相屠苦　更纏憂患歎淚盈

三　塞爾維亞Belgrade Fortress

貝爾格萊特城堡是塞爾維亞要塞瓦薩河與多瑙河之交匯處穿過卡拉梅格丹公園（KalemegdanPark）就達城堡二世紀由羅馬人建堡千年來多國曾統治此處不同人種亦移居於此城堡除有軍事展覽外勝利者高柱彫像成為城堡地標

綠帶結雙河　草煙百鳥梭　岸船盈夜照　汽酒冀人呵　高像愁誅殺　夷娥哼艷歌

浮沉頻換主　閒坐賞鱗波

註釋　城堡有數十米高勝利像俯視貝爾格萊特近黃昏乃成情侶相會之處入夜沿河多船上酒吧

四　波斯尼亞首都薩拉熱窩（Sarajevo）情人

可憐信仰斷人情　雪落圍城四度驚　激波比目寧雙死　幽碧飛鴻不獨鳴
哭城枯骨流紅淚　抱柱精魂渴蝶聲　沉思知己身難報　就在長橋踐血盟

五　王子橋（拉丁橋）奧大利王子被殺刺殺處

一九一四年六月二十八日為塞爾維亞之國慶日奧匈帝國皇位繼承人費迪南大公夫婦（Archduke Ferdinand）被塞爾維亞族青年普林西普槍殺 這次事件使七月奧匈帝國向塞爾維亞宣戰

一槍命殞驚寰宇　千萬英靈捲浪沖　高處狂風尋萬歲　窮途逐日舞浮蹤
不仁天地眞芻狗　屢盪洊雷振蟄龍　我立凡塵期悟道　冷橋尤發熱煙烽

六　薩拉熱窩舊城區（歐洲耶路撒冷）

薩拉熱窩曾被奧圖曼帝國（Ottoman Empire）和奧匈帝國（Austro-Hungarian Empire）統治伊斯蘭文化土耳其咖啡肉批等是由奧圖曼傳入奧匈則將優雅的中歐房子傳入並建立藝術學院美化環境舊區有帝王清真寺廟猶太會堂聖心天主教大教堂和全城最古老之東正教教堂

我顧神馳思天主　清眞長立憶戰魂　東西禮拜承慈願　南北箕裘習藝喧
隱隱石階雄將士　幽幽銅店俏夷媛　提杯掩映追前影　鎧甲曾張十字幡

七　薩拉熱窩希望隧道

薩拉熱窩谷城三面環山塞爾維亞軍鎮守山頭以高射炮長距離子彈等不定時襲擊谷內的平民塞軍截水截電更封路阻物資薩拉熱窩城市民在極少資源下掙扎隧道外多彈痕以紅油代血蹟

孤城垂死續命芽　履險幽深若洞蝸　石壁千瘡存恨記　衡門鮮血竟成花

寢書樓詩集

八　黑山共和國（Montenegro）科托爾古城（Kotor）

城舊新人物　蜿蜒世紀程　教堂形雙柱　居室繞洪坪　直塹千年印　戟幢百戰聲
如煙亦似夢　注目遠山清

註釋　科托爾古城建城紀已二千五百年有約三百六十座教堂其中St. Tryphon大教堂兩邊塔豎中間平臺是古城地標內藏宗教祭器主教服飾聖人遺物等城外有石道達山腰可瞰全境

九　黑山共和國巴杜華古城（Budva）

年年白浪捲　歲歲不同人　交錯失迷巷　巍峨見聖神　鐘樓談舊雨　獅翼記前塵
回首茫茫已　圍牆且路堙

註釋　古城近二千年歷史全城被高石牆圍繞城內小巷縱橫交錯有著名聖瑪利教堂而聖約翰教堂始建七世紀今建築建於十七世紀另外有鐘樓威尼斯曾統治城牆有雙翼雄獅印海濱於夏時游人如鯽曾有歌星開萬人演唱會

十　克羅地亞（Croatia）杜邦力古城（Dubrovnik）

蕭伯納曾言此處是天堂與妻繞古城牆全城俯瞰一周小店休憩看海色湛藍銀波圍沙全城屋頂皆紅瓦烈日之下猶有清風一九九一年此地被圍城牆尚見彈痕

城闕聽風吟　高低紅瓦深　繞牆追足履　倚壁覓天音　漁墅寄情韻　彈痕刺素襟
繁華湮故蹟　迴盪只藍潯

十一　克羅地亞司碧古城（Spilt）

古城始建於西元二世紀沿海而建是羅馬帝國皇帝戴克里所建皇宮內有獅身人面像鐘樓皇帝塑像等離皇宮即見羅馬式廣場有穿羅馬古服表演者有唱民謠者其間有耶穌最後晚餐造像石柱多為大理石城內有著名教堂St Domnius Cathedral

空頂中庭光影透　千年獨柱立迷茫　皇宮精琢張豪貴　拱壁圖紋已芴芒
入耳民謠歌古調　動魂聖像熱中腸　潮聲已把遊人醉　只我躊躇撫舊牆

十二　札達爾（Zadar）

札達爾位於克羅埃西亞南部城市位於亞得里亞海沿岸扎達爾曾是威尼斯近郊的港口城市曾是達爾馬提亞國的首都舊城坐落狹長之半島上位於克羅埃西亞得里亞海海之中心點夏季時在札達爾港泊船隻雲集乃典型之羅馬城市有羅馬廣場人民廣場五井廣場是十六世紀時威尼斯人在此建築之大型儲水槽上方有五個井可用來取水聖瑪麗教堂聖法蘭西斯修道院等哥德式教堂

頹垣斷柱收羅馬　海港風迴擁霽霞　長岸奔波熙攘客　高樓檢點富豪衙
廣場斟酌皆文藝　五井來回集輿車　廓舊民非憐鶴叫　寒槽古道著煙花

十三　十六湖公園（NP Plitvi ka jezera / Plitvice National Park）

珍珠十六墮凡塵　翹翠迎風若酒醇　銀瀑小橋停數尾　石寮木屋寄飄淪
卵圓湖綠參差轉　岫遠水藍上下巡　倒影如眞天地合　茫然心靜立溪漘

十四　Buzet採松露二首

其一

深藏地下奈君何　香氣天成四野歌　竟待癡豚方出世　人情膠轕付譏呵

其二

飲恨泥埋腸欲斷　遠播清芬動魄顏　玉筵一露傾心絕　我自成名動九寰

註釋　松露生長於地下其氣甚香與鵝肝魚子醬共譽為三大珍饈採集由雌豚或狗犬採拾方得出土

十五　碧湖（Lake Bled）

針樹綿延遠　長空間斷藍　碧湖浮小艇　遠島聚巒嵐　修院窗明淨　草坪綠氣涵
遙遙見影落　早欲寞玄澹

十六　克羅地亞聖母升天教堂（Katedrala Marijjian Uznesenja）　Cathedral of the Assumption of the Blessed Virgin Mary

歌德式建築始建十二世紀西曆八月十五日是紀念聖母馬利亞升天日此堂屢受戰火所毀共信一主卻互相殺戮

慈容常懷憂　碧目總生愁　圖壁升天徑　聖詩繞懷柔　廣場苦地震　歌德遭戰蹂
能奪黃粱枕　逍遙槐樹遊

戊戌仲秋八八年畢業諸棣宴請眾師於荃灣　時值颶風山竹襲港　豈真風雨懷人　一夜遣情　微醉復微冷　歸而賦　呈在席諸師斧正　並贈諸生

凡間散落爭春發　已染塵光三十秋　橫世當思芳濟訓　逆流猶誦子瞻謳
飛觴驚覺粱柯夢　擊樂長埋蝸角憂　鬢髮相看齊笑白　輕狂不減少年遊

戊戌（二零一八）中秋微雨

一
雲蔽清暉還濺淚　相思無語立邊涯　如何始得人長久　心事盈腔說向誰

二
竟夕傾杯餘夢話　山頭何處好吹風　波光隨浪難主宰　披髮長歌仰月宮

三
年年今夜光如練　剖盡心腸憶故人　忽訝歡聲如歎息　冰壺憐我共銷魂

悼文基内兄並序

二零一八年十月十日文基内兄歸於極樂內兄寡言情熱視兄弟姊妹如骨如肉不可稍傷終生拳拳於事業不懈於工作由廣告公司至恆生高層可謂歷盡崎嶇其同事思之皆黯然神傷吾亦悵然病榻中常思報答父母恩千叮萬囑內嫂宵旰焦勞護持至終誠動人肺腑內兄曾手記一生際遇以勉後輩恐成絕唱同氣連心壎篪相和想是家教使然每思泰山德風悠揚

頻杯搔首愁難盡　憶念平生淚雨絲　如此胸襟超北海　盡捐心血報烏慈

筵殘驚覺失鴻案　囊破恐難覓賀詩　怕聽壎篪音異調　塵緣再續會天墀

戊戌秋與直資議會諸賢遊絲路

一　再訪莫高窟

古窟森森十代人　吐蕃回鶻已前塵　涅槃行教慈悲相　狩獵婚喪怒笑真

浮影絲絲心血繡　畫圖筆筆魄魂掄　痛傷經典強夷奪　躑躅崖前數淚痕

二　重遊鳴沙山　月牙泉二首

其一

渺渺黃塵流四極　凌空鐵鳥翱翔空　渥窪影動能消渴　沙嶺駝行接熱風

虛谷曾埋商旅骨　彫梁移植貴賓宮　時光誰可算來日　雲狗海田變太匆

註釋　月牙泉古稱渥窪池

其二

十里沙堆彎一月　可憐熙攘水求難　登樓此日思時逝　經是銀驅四野盤

三　初訪陽關　玉門關有感三首

其一

隱隱修羅境　悲鳴立覆轅　披沙尋白骨　拔劍立煙墩　猿鶴隨風嚷　蟲沙爭戟喧
果然荒漠地　全是觸蠻魂

其二

關隘分中外　牧羊邊雁孤　折肱通異域　剄身棄匈奴　虎穴重重險　西天步步虞
登臺觀遠日　只念負經徒

註釋　玉門關有小方盤城現只餘數百尺舊城登臺遠望又是另一風情

其三

千古登臺同一慨　遠沙紅日落荒蕪　長煙風捲如飄血　淚眼吹昏再戰無

四　與直資議會招祥麒　關穎斌　封華冑　張玉忠等諸賢於清真店消夜

清眞夜店煙絲繞　日落人潮四面來　只爲珍饈馳十里　卻憐才俊舉千杯
舊醅新酒激豪邁　羊肉牛湯話謔詼　期望風雷益西北　再無殘箭射煙臺

戊戌初冬與諾定咸諸學友聚宴尖沙咀狀元樓

自諾定咸大學畢業已廿三年與同學Antine Molly Sophia Amy Gloria Rose相見大多子女成人竟面容無改依然風姿綽約幽默健談時不留人青春卻長駐

尋夢香江思諾市　風姿依舊百花憐　青春廿載忘頭白　輕酌今宵續酒緣
追逐繁華仍本性　傾情授業守初虔　捫心清夜平生志　不愧筵前不愧賢

戊戌冬婺源　黃山　廬山遊

一　婺源篁嶺古鎮二首

其一

嶺外幽篁山接天　香雲薄霧放輕箋　飛簷掛日來詩興　群笪曬秋覺目旋
鐵索危橋觀物趣　梯田阡陌觸蟲蜷　身臨世外離繁俗　隨意輕歌五柳篇

其二

斜谷披黃綠　灰牆掛粟椒　火爐供細味　白日隱煙樵　拾級已千載　百年盡古寮
登臨凝靜氣　停步倚薪蕘

二　黃山二首

其一

重嶂翠巘煙繚繞　離塵極處滿松魂　瑤池失卻蟠桃地　誤向凡間露果繁

其二

黃山歸來不看嶽　此言迷夢數十年　登臨白雪掛枝椏　陣陣寒風身外連
遙望諸峰無邊際　萬頃波濤嶺上浮　又疑海岸纏高鏡　隱約帆船並扁舟
琪樹蒼穹眼難盡　鳳凰飛處是仙謳　一笑飛瓊仙鞋棄　擎杯醉倒臥松枝
再笑雙成遺腰帶　急爬天梯入雲危　不知何處飛來石　劉阮閒奕行知亭
趨前執手問年月　眼裡冰雪千度零　又逢牛女連理樹　星河今夜應安寧
有情不尙纏朝暮　只期魂夢曾留形　今日初臨眾仙境　巍巍群峰雲繞顛
魄邊魂飛睡龍爪　脫俗離塵共玉筵　執手喜逢杜康酒　君釀必然勝黃封
雩風霧影子喬在　喜上眉梢試酒濃　誰人依舊歌天地　醉眼迷煙太白詩
舉爵還邀張旭至　朦朧好睡碧綠帷　騰雲急飛呂祖劍　劍後黃龍定追纏
筆架棋盤與鞋靴　放在群峰不取回　蓮花峰上仰慈悲　臥龍黑虎左右司
光明頂上丹霞現　始信謷哉黃山姿　臨風稽首謝造物　容我疏狂夢天涯

註釋　詩內引峰石有仙鞋石飛來石筆架峰蓮花峰仙人下棋光明頂丹霞峰始信峰奇松有連理松龍爪松臥龍松黑虎松

三　廬山

我才難望蘇公背　到此情狂怎不詩　廬山隱隱煙雲裡　牯嶺庭林向巔推
一片迷霧疑盡處　失驚高湖浮石墀　急瀑無情搶下巖　飄霞長繞綠嵐癡
信是匡俗攜方輔　凝聚清氣建瑤池　痛飲金玉液　青蓮定共卮
醉倒湖邊柳　共覓李耳髭　好山眞箇鍾靈秀　我今歌唱歸去辭
好山眞箇奪魂魄　此心忽爾思惠師　花徑徘徊憶司馬　山水仍戀謝公詞
濂溪白鹿俱往矣　立雪情懷願永移　環視廬山餘歎息　三十三天待飛馳

四　登滕王閣

王勃驚雷騎日地　繁華幾度幾多哀　登樓驟雨無情繫　欹柱淒風冷峭來
孤鶩飛霞無定駐　寒江挹霧鎖隅隈　騰蛟起鳳高朋處　只落猖狂水洑洄

西元二零一八年除夕　代綺芬作

煙花怒放聲鼎沸　璀璨蒼穹點點愁　喧天樂韻如鄰笛　寂寞瓊筵欠玉甌
中庭桂樹亡嬌鳳　濁浪蘭舟困苦囚　長思我死誰埋志　清淚還君日夜流

六十初度

百折骨零餘傲氣　微吟攬鏡認霜濃　長持火炬燒心熱　不讓寒冰冷血壅
羿箭低彎期射隼　吳鉤輕按待屠龍　河清有日身還在　將執子喬覓赤松

戊戌與李尹森　梁卓華　冼卓犖　周偉經諸棣宴於日式餐廳賀余生辰

杖履跟隨愈三十　明珠璋圭照銀河　珍肴玉膾東瀛至　清酒香檳白墮呵
師棣濃情勤植壅　名廚藝饌勝浮荷　輕風吹醒少年夢　燈影長街笑踏歌

註釋　諸棣慶余六十生朝親邀日本名廚細弄來自東瀛魚生食物皆香港罕有之品香檳清酒一夜不停眾徒孫贈余手繪卡人生樂事也

己亥（二零一九）新春試筆二首

一
五濁塵浮一甲子　春來清氣格新奇　不甘趕輳陶朱軵　也避揚鞭晏子馳
思到天河看道典　心收容膝放嚬眉　隨緣應化離三毒　萬卷經藏指月辭

二
何曾誤落凡塵網　願就群魔鍛慧光　我抱狂風迎急雪　將身紅焰覺清涼

二零一九年三月三十日　怡東酒店開業四十周年　是日告別晚宴　與妻並偉達嘉穎同赴

一
推門四十流年景　鬢影衣香酒百鐘　樂韻輕狂年少夢　鎂光催淚戀情濃
玳筵急管陳王宴　玉膾金齏吳郡供　維港今宵風昨夜　吹零名廈逐流淙

二　陶醉水晶千幻影　迷人雞尾步蹁蹮　周旋嘉客談佳釀　彳亍回欄覓舊煙

惆悵仲尼河逝水　可憐子受夜長筵　幾番風雨仍落幕　燈飾懸牆若淚涓

贈綺芬　並賀己亥芳辰　適新舊曆生辰同日

水影一簾秀　人間萬籟輕　倚樓鷹隼翱　仰首月星明　遠地留鴻爪　乘風趕落英

相看總不厭　長誦子衿情

己亥（二零一九）泰國清邁遊

一　素貼山雙龍寺

臨風長默語　虔意禮空王　白象如來骨　雙龍石級翔　柳搖如首敬　日照似心香

慚愧纏塵累　冥思細簸揚

二　白廟（龍昆寺）

銀光千道橫天際　似雪悠然舞逸翩　三界無安如火宅　五塵糾結入魚筌

一泓碧水船承白　數處危檐角接綿　持劍明王瞪目眾　騎龍善逝眼猶憐

三　九重塔觀音寺（匯巴杠寺）

九重紅塔觀音木　坐看凡間八苦煎　風送心經吹冷靜　聲如悲咒起癡眠

飛龍栩栩中華勢　金塔巍巍西藏傳　祈願眞心離四相　再把六欲細磨湔

寢書樓詩集

註釋　觀音主殿供奉六米高香木觀音坐像旁站金童玉女應是全球最高觀音木刻各寺建築揉合大乘佛教與南傳佛教特色而內部則採歐洲式裝修

四　訪長頸部族

竹棚寮舍古山農　圍頸金圈數十重　落雁沉魚無定數　西施嫫母豈關容
桃源何處供陶隱　避世如今嗜酒醲　小賣俏娘情款款　垂髫黃髮樂於喁

己亥（二零一九）初夏再遊成都

一　訪災後耿達學校　臥龍小學

高廈起頹垣　磚牆隱淚呑　當年傷心地　依舊暖風哼　沾霈嵐巒潤　煦陽總角暄
心期原野綠　溪水永潺湲

二　都江堰熊貓保護區義工

手執竹條爬短木　來回小屋戲同游　見我悠然無百累　那知仰首帶千愁
天地逍遙空萬里　圈圍寬展覺錐囚　堰鼠裏腹尋命盡　扶搖激浪御颼飂

己亥（二零一九）夏重遊桂林

一　灕江四湖

灕江此日無煙雨　一碧晴空照四湖　象鼻轔輑縈水柱　雙尖倒影接天衢
青綢舒卷籠香桂　翠壁連綿率畫摹　今夕醉人還有月　更攜素手笑傾壺

註釋　四湖即木龍湖桂湖榕湖杉湖　杉湖雙塔高四十一米為九層銅塔與高三十五米七層琉璃塔相屹立於杉湖島上

二　遊伏波山

躍馬提弓蠻敵避　淺灘竹筏繞江遊　百人鍋飯凡僧共　和碩鐘亭異族仇
洞日還珠千佛坐　像依崖石三尊浮　可憐矢志死邊野　落得危言薏苡囚

三　遊駱駝峰

鳴沙山上見君身　不避炎風好競鄰　信步崎嶇英氣凜　力攀沙塔志難貧
無人知我求千里　牽縶拘身作役臣　昂首踟躕能出刃　當驚鋒急果超倫

四　龍脊梯田

田梯疊疊無言語　減卻蒼生負米珠　輕拂微黃將熟稻　暢心新綠仰飛雛
憑欄遠眺觀嵐舞　踏石挼娑搜踱蝓　小店殷勤供濁酒　閒談菇筍再傾壺

五　靖江皇府

十四王孫縹緲跡　高巒獨秀勢崚峋　亭臺絳帳經師聚　金殿征戈國父逡
太歲威儀山洞刻　石符長護陰陽輪　龍樓今夕仍風急　誰說榮華似細塵

註釋　孫中山集師北伐曾駐節於此王府先後成立第二師範學校模範小學第三高級中學甲種工業學校校址現為廣西師範大學校址　獨秀峰內有六十太歲刻石傳說劉伯溫曾刻玄符於此以保明室永治天下

六　遊東西巷並逍遙樓

紅燈白酒串燒濃　麵細椒糜愛語喁　漫步鴛鴦情絲繞　高樓鶼鰈景纖穠
連珠水影暗聯岸　嶙峙江嶠立四封　如蓋蒼穹路似帶　逍遙濁浪洗塵洶

註釋　東西巷如夜市食肆排闥商品千色巷有歷代名人石雕令人難忘　逍遙樓乃古名樓臨江而建二零一五年重建登樓可見伏波穿山獨秀景色有顏真卿題「逍遙樓」石碑樓內有如屏風大之雞血石

七　世外桃源

佳境誰開魂魄蕩　遠山層疊水桃源　繽紛飄落圖人駐　石礫成圍作竹園
笑覓武陵尋誌記　夢牽五柳共忘言　浮生畢竟緣多苦　錯墮洪爐剩競奔

己亥季夏（二零一九年七月九日）與葉玉樹馮漢明諸師並伍于健兄訪名作家張愛玲於香港大學舊辦公室現為廖舜禧棣辦事處

陸佑堂中曾聽雨　幾回腸斷覓鐘笙　井庭高樹描生命　長桌蝸廬寫負盟
走佔浪頭多苦惱　肯將心事結哀鳴　團圓城戀先娃語　還了香江一段情

註釋　張愛玲女士曾就讀香港大學作品屬女性主義女主角感情發展複雜而不得善結其傾城之戀與小團圓均以香港為背景是張女士在港印記張愛玲幾乎終生處於窘迫生活中立其室前怎不哀感重重歎

才人之運蹇　先娃喻
張女士思想先同輩一步

己亥季夏賀葉玉樹老師生辰師生聚於灣仔留園雅敘

慕君才智奪群出　指點初心莫諂諛　應效鍾馗容魍魎　影隨孔孟起賢愚

獅吼一奮驚蟲鼠　彝訓疾書醒亮瑜　賀誕清雋頻勸酒　明朝醉眼看狼狐

反逃犯條例警民衝突有感

自六月十二日遊行反逃犯條例始幾每星期均有遊行與警民衝突情況令人憂慮林鄭月娥之管治受到莫大之衝擊至陽曆十月尚未有平息之態警民關係甚劣且有學生為實彈所傷貫穿左胸

細數欄前催淚彈　銷磨豪氣漸成秋　強燈急棒堅初願　奔走猖狂拚死休
忍看青春求濺血　頻揄白髮傷時謳　當年風暴聲嘶竭　也向天庭搶自由

註釋　數月來警方已發放數千枚催淚彈而雷射燈及警棍更是必用之防暴器　時謳者學生自製歌曲「願榮光歸香港」流行於示威者之間

反逃犯條例二首並序

反修例抗爭行動持續超過五個月至十一月未平息科大學生周梓樂墮樓急救數日後逝世據知周同學成績優異乃科技界人才天不祐賢奈何十一月十一日早上警察向示威者開實彈槍最少一人受傷十一月十二日警察擬強入中大拘捕學生出現強力反抗段崇智校長出面調停未果校園一片狼藉十一月十四日再在理大圍攻十一月十八日中學校長們入理大接學生離開竟至六百多人

一

好箇清涼天碧朗　上庠無奈在深淵　萬槍連擊終人亂　千火凌空廢氣延
投石築欄崩浪湧　嘶聲揮汗眾離咽　踏過殘陽如踐血　滿城薄霧是淚煙

十一月二十四日區議會選舉建制派議員幾全軍盡墨民建聯由上屆一一七席跌至今屆二十一席可謂慘敗反條例者稱黃絲　反黃絲者稱藍絲香港分化已至爾死我亡地步

二

嘆息藍黃不是非　殘冬猶見血紛飛　青春自古情奔放　耳順沉思淚漸稀
酒醉瓊樓寒不勝　留神世道覺衰微　江湖彈劍無餘力　且捧詩書赴采薇

己亥（二零一九）中秋

一

爲憐寂寞放清暉　惜我艱難困霧霏　謝爾殷勤惟舉爵　銜杯精衛送天歸

二

斜陽隱隱山邊月　點點燈光照廣寒　傾語聲聲皆怨道　三臺今夜愧秋歡

註釋　自陽曆六月至今青少年抗爭行動未稍息

三

莫憑窗幔凝凝望　月到中天已他移　且把煩愁推冰魄　不留一點在凡池

四

金闕瓊樓皆錦帳　孤幃獨語自憐顰　偷將媚眼觀塵世　羨汝清狂勸酒頻

五

說是懸珠能解語　一年一度斷腸回　嫦娥知我眞寥寂　清夜謠歌醉舊醅

六　中秋憶文基內兄

去年此夜淚零零　今夕惺忪飲不停　好月依然橫宇宙　隨緣極樂會天廷

聞堂會將轉孔聖堂中學為私校有感

艱苦危場栽杏樹　恨將成蔭痛銷微　難推檀駕邀熊臥　急把殘燈照雁歸

遍泛江湖仍冠正　頻經顛簸卻腰巍　誠知此命因何至　恆澆清泉育九畿

己亥暮秋與宴於濟記飯堂　慶余退休　諸生俱有成就　忽爾近二十年　年華逝水　嘆時之欺人　不留情面

師棣風流二十霜　瓊枝玉璧競名場　早將熱血輸同硯　莫把青春混濁滄

寂寞夢魂思絳帳　艱難心事訪門牆　仰首高山行可至　顯我豪情一點狂

註釋　二十年來諸生來訪多有心事困難縈繞吾所教者止頂天立地不欺任何人而已道者甚遠期則可至與宴者黃新利陳家鋒盧頌智陳春程翔高康恆王國勇何保義陳展興葉敏銘黃鏗杰鄧肇威李鴻傑謝均耀譚銘哲杜淳博等諸棣

己亥秋肇慶拜龍母

一　夜宴賣魚仔

久別當爐情款款　路彎和暢帶輕塵　竹箸不停朋戲嚷　開襟高唱酒千巡

細味鯰鱸鮮可否　祛愁紅白烈爲因　回首百凌仍本色　人生到處必逢春

寢書樓詩集

二　遊七星巖二首

其一

虬籐灰壁旋清氣　賢者東來記筆塵　千尾逍遙潛水道　七嶠星立接天旻
髮領清風聊古樹　袖攜香氣贈佳人　何日嶺巔聽蛙叫　更栽梅鶴作隱淪

其二

嶄崖愁獨立　風韻自然成　道直群榕擁　棧斜千級程　嶙峋皆蔓草　巉巖盡雛聲
嶺上寒枝發　淒然獨自榮

三　慶雲寺

蓮花峰上慶雲寺　疊翠連綿氣峻清　手摘浮雲聽雨細　耳迎梵誦卻塵情
凝思佛說皆因果　悵覓三心失戒程　過盡千帆仍戀望　何時攜酒獨餐英

己亥初冬與慈雲山諸老友雄　達　仙　德　強宴於濟記飯堂並嘗鮮魚忘不了

相識已愈五十載　笑看雙鬢已成霜　浪濤湧艇停搖楫　胸臆燃薪保熱腸
擊案痛心時事錯　舉樽齊憶少年狂　難逢今夜鮮魚宴　竹馬相嬉了不忘

西曆十二月七日結婚三十三周年　前夕於（Parklane Skye）慶祝

是夜名廚以朱古力（Chacolate）入饌美味難描夜帶寒有「幻彩詠香港」鐳射燈出於各高廈念匆匆數十載不離不棄共渡苦樂內心且喜且憂

停箸移杯齊看月　斯磨擊節吐微歌　狂風履險思初誓　急浪搖舟折逆波
有淚身寒輕眼拭　放歡酒暖笑顏酡　高樓夜夜吹人凍　細看青絲拔點皤

賀劉卓裕賢棣區議會勝選

久在隆中翻竹汗　烹鮮學藝此中行　羹魚湯液傳心法　搖幟爐峰待氣揚

夜夢恩師張少坡修士　師徒於古堡晚膳　修士並出其新配眼鏡與余觀看　夢境平淡而真實　疑幻疑真　醒後再難入睡

天國人間兩地殊　可憐入夢見生徒　叮嚀絕學傳來者　細囑謙虛莫詐愚
閒倚女牆惜鈍眼　慢嘗紅釀論艱途　迷離竟夜驚粱熟　醒後城頭草尚呼

西曆二零一九年耶誕遊韓國濟州

一　城山日出峰

峰成於五千年前由海底火山所成之山島後新陽海水浴場土地與島嶼間沙子碎石堆積成為陸地而相連山頂凹陷為約直徑六百公尺之火山口

熔焰堆積成連島　斜綠壁灰盡自然　蜿蜒彎路追藍海　一往青蔥接碧天
木梯勤步散抑鬱　怪石迎頭脫困筌　山尖已到無高處　待放歸程著急鞭

寢書樓詩集

二 涉地可支

涉地可支是濟州海岸區由黑色火山岩石和紅色火山土構成岸邊多古怪石有扶欄燈塔及多彩教堂是韓國電影取景之佳處

如是藍天如是綠　分明幻色入魂圖　倚欄輕步將愁斂　接雨清歌把鬱沽
繽彩教堂連碧落　沉思黑石示迷途　人生處處都遺恨　峭壁迎風竭嘯呼

三 濟州民俗村

石牆草頂旋門柱　爨具乾柴共一堆　瓦釀土埋甜似蜜　封年瓶蘊老陳醅
村前三柱知寮況　屋守二尊保石臺　當日黑豚溷濁飼　佳肴桌上汝身來

註釋　民俗村是韓劇大長今拍攝之地建築如古韓國古濟州屬窮鄉僻壤屋前放三柱示主人在否有二石公婆保村民

四 龍頭巖並向海女購即嘗海鮮

昂首浪頭年已億　欲離苦海向天騰　九垠縹緲任飛放　一石纏身痛自繩
嘆息夢回灘岸坐　歡聲繚繞海鮮蒸　人生究竟尋終極　來去無拘是老鷹

註釋　海女是濟州女性專以採鮑魚海鮮為業之群亦是濟州經濟支柱之一

五 觀賞塗鴉秀The Painters

蹬騰跳躍若輕翾　手繪沙堆變幻遷　秋夜三千蕭瑟處　此身疑在玉臺邊

六 與妻遊柑橘果園

橘熟經三秋　味甘親手酬　明年何處是　也選最心頭

己亥歲杪與與陳偉仲梁萬成黎文軒馮漢明王良創余良益諸賢遊梅州

一　永定天子酒店浸溫泉

草藥花香水裡漾　山顛直瀑百溫泉　輕煙瀰漫疑瑤殿　浹汗淋漓洗濁涓
虛懷相看無私隱　坦衷情懷脫牽纏　相知共憶前塵影　月旦來俊趁盛筵

二　火鍋夜宴

勒流三十年前景　鍋熱群雄汗濕巾　舉酌嘉肴隨臂盪　傾心小趣笑眉嚬
追思往境如煙雨　難得今宵醉郁醇　宴罷相呼迎月去　澄空似昨碧粼粼

註釋　約卅年前與聖芳濟廿多位同事前輩同訪勒流當時剛開放酒家簡陋清樸物價甚廉眾人相聚一夜盡歡而還每思當日仍有戀戀之情不期今宵火鍋圍爐重檢往思

三　訪永定客家土樓群

中原塗炭南陲遷　五十八家留閩巔　築寨同源禦惡寇　圍園護族共嘉籩
土牆四合櫺窗細　錦帳紅燈阡陌連　歷盡劫波仍舊井　飄零回首認苔磚

註釋　土樓可可追溯到唐朝陳元光戍兵漳州五十八家姓落户閩南築圓型土樓聚居以禦寇及野獸所訪振成樓振成樓八卦形同心兩環圓樓始建於一九一二年占地五千平方公尺為菸草商林氏家族後裔所建外環高四層十六公尺每層有四十六開間共一百八十四間房

四　橋溪古韻二首

其一

斜坪濕潤縈清氣　去燕徘徊覓舊巢　壞壁傳家留訓語　綺樓人杳剩空庖
門庭閒倚思前俊　香瓣沾頭仰樹梢　盛巷當年餘過客　階前石道認芳苞

其二

髣髴人影在　群鳥集高樑　牆掛古今訓　樓承中外光　憑窗嵐夕照　晚飯暖回腸
今日空床戶　信步鎖連坊

註釋　橋溪者百年古鎮曾極盛人家建書香之門樓壁鑄有家訓文革時去其半壁平樓是兄弟數家同住現已人去樓空斜坪石階廣植花木風景清雅頓生黍離之慨

五　訪雁南飛茶園夜宴　並遇港人結婚在此設宴

縱飲千杯難意盡　酒醇不及此情醇　歌臺邀眾吭金曲　綠蟻酬君賀百年
可惡熏風乘我醉　暗吹情淚逼瞳涓　好花好酒連新月　無憾人生是鏡圓

註釋　是夜港人在雁南飛設婚宴主人與劉剛稔熟並遇出席聖約翰諸同事喜不自勝邀余上臺歌曲人生期會難知

六　西曆二零一九年除夕

光陰一擲髮蕭蕭　悄立影叢看過潮　曾想孤身改日月　可憐隻手抗鴟鴞

風狂過笛音難響　高照紅燈火在燒　歌盡今宵舞不輟　偷將情酒送愁澆

七　除夕與諸前輩並劉剛老棣高歌二首

其一

放肆高歌意氣揚　迷離燈影積愁忘　千杯飲罷誰先醉　不是詩狂是酒狂

其二

一曲已銷魂　再斟淚暗吞　人生誰得意　槐夢正昏昏

贈蔡麗雙博士

誰言塵濁無清曲　遙岫一枝透細香　難得素心描眾性　情將妙手寫蒼涼
詩詞動魄回腸轉　字句入魂翹首吭　願把殘章呈辨眼　續尋佳日共飛觴

附　蔡麗雙博士來玉

曼麗雙輝

衷贈孔聖堂中學楊永漢校長

摯謳楊博士　專心治校不辭勞　弘揚儒學　賡續精粹　爲人品德崇高
手上長存興教策　心中頻漲振邦潮　氤氳花馥裡　百年大計路迢遙
明霞織錦　健手擎旄　惜取芳春永駐　曲曲高歌震雲霄　浩淼滄波湧
槳楫駕金舠　君握椽毫詩意奕　舒壯志　毅走征途赳赳步遒豪

寢書樓詩集

己亥歲杪　新冠狀肺炎發於武漢　至庚子立夏　全球感染者超過三百多萬人　死亡人數超過廿三萬人　世紀瘟疫也

瘟癘無端延武漢　可憐口腹欲無窮　烹調伏翼稱佳菜　生嚼蝦蟆逞強雄
天地靈神懲過分　中西萬眾盡衰癃　香江祉氣祈盈住　澤雨時來領煦風

庚子（二零二零）夏夜醉賦並贈校長才俊共覽　為近日校務煩擾

仰月聆歌至子夜　無端淚湧到天顛　醇醪依舊療魂魄　細數樽瓶好自憐

二零二零年五月三十一日余退休前休假前夕感懷

一

忽訝時光超邁去　清風聊我歠香茶　烏金埋首鍛千莫　滄海勤游領玉沙
不想枯禪證寂滅　恆將熱血灌儒芽　五經暫且藏珠櫝　放足高歌步天涯

二

一生求證眞如境　天帝憐愚遣逆師　鷲嶺傳音離五毒　尼山訓語等千笞
輕舟看遍青黃葉　浮世經嘗順悖時　踏浪江湖親鬼蜮　歸登樓閣看書詩

三

倦馬蹄勤回舊櫪　籠頭鞍革放爐邊　窮山惡水恐難盡　猶按龍泉嘯向天

二零二零年七月一日回歸日賀葉祺焜方培儀伉儷水晶婚宴於沙田馬會

好風同證水晶約　暗羨纏綿仙侶姿　璋玉明珠齊奪目　鳳鸞牛女和情詩
持家追步梁妻案　軟語長隨張敞眉　桃花結子香猶播　絲蘿托木百年期

註釋　葉兄一家才俊兒子曉東將入讀英國名校伊頓公學女兒聰明伶俐

孔聖堂中學近日諸事紛擾傳媒不斷報導俱非善譽校監校董邀余續任校長一年有感而賦

一

我欲危崖觀急瀑　水寒無奈也沾身　八年奮進旗剛立　三月瘋狂道失津

揮汗植苗憐壯瘦　敗窗抗雨拒波淪　講壇勤拭離塵染　丹筆重提譜曲新

二

風流過後餘殘水　泡影聲光賸淚痕　心尺從來量俊傑　眉睛早已辨鸞鴉

當年執著明非是　今日隨緣接冷溫　仰首碧空明月在　何曾失覺稚童喧

註釋　余交職不足三月諸事紛擾見諸各傳媒余苦苦支持學校發展八年始有初成不期三月之內聲譽幾全毀

悼羅建邦表侄（二零二零年八月廿九日追思禮拜）

羞態青春如在昨　人生修短問蒼天　迴流濁浪源慈願　接引迷羊仰主憐

幽谷獨行竿杖領　凡塵暫了父家遷　炎風一瞬樑傾折　今夜問君怎入眠

庚子中秋

疫情所致熱鬧不似往年

一　海濱漫步

相對籃灣月　高樓已宿秋　餘光簷壁落　霜影滿磯頭　嶺染金甌雪　癘侵萬戶愁

輕敲橫海柱　何日破筌游

二

左右翻騰浮世繪　幾多爭義淚頻來　清燈十里放寒箭　掩映修羅隱角迴

三

中秋不是離人節　卻照千家疫裡愁　翹首月明甘寂寞　空街微醉緒沉浮

四

年年今日寒宮醉　玉兔吳剛戲碧窗　倚臂嫦娥屏語秘　幾時植桂遍香江

五　中秋贈內

攜手長堤嗔且怨　問君憐愛幾消磨　清暉手贈連魂魄　白髮猶哼初戀歌

少年詩草

少年詩草乃創作於求學時代屬少年時期偶爾觸景之作模擬古人難登大雅時對聲韻對仗等全無認識僅少年情懷之吉光片羽而已聊記青春後隨潘師小磐先生溫師中行先生學習詩詞始得入門匆匆四十多年矣

乙卯夜　為前途惆悵　同窗袂別在即　心煩亂草

一

三更眠不就　窗外處處秋　聊眼三千里　觸起萬般愁

二

落花隨水逝　夢闌心徬徨　歲月從雲去　惆悵路茫茫　爭纏復嬉戲　於今獨自翔
萬里無顏色　寒風吹薄裳

三　兩盞美酒在　佳人別處歌　一闋離別苦　從此獨揚波　我思魂斷處　應是太情多
何字最難描　情字費磋跎

贈瓊清 丁巳年

贈君輕紙扇　期可表吾心　難道相思語　且看淚痕深

己未清明

荒塚茫茫煙杳杳　朝暉一抹影人斜　紙灰飛作銀蝴蝶　幻似尋人笑面花

贈瑞霞同窗

委身文翰求生界　欲出囹圄八苦深　不慕石崇錢千萬　且羨陶潛五斗心
無才偏爲世間用　懷志空餘一悲音　落魄路逢此故友　莫怕藍縷垢衣侵

風雨登樓 庚申年

信步鬧市中　忽逢風雨霎　轉身入高樓　憑欄眺景色　狂雨濕我襟　身亦受風役
人生抱艱難　世事總是逆　對景情難排　唏嘘復嘆息　惟求雨和風　託言歸故邑
今羈此洋場　豈甘富貴逼　若能破樊籠　當思回舊域　玉體應自憐　免我苦相憶
流潦泛縱橫　疏樹聲淅瀝　不如歸去來　減我心悲戚　風兮更雨兮　相思何時極

寢書樓詩集

文革感賦 寫於文革後三年 改革開放後一年 每念文革之酷烈 痛心疾首

一
蒼痍處處一心悲 紅衛洗城血濺霏 粉碎乾坤淫己欲 神州何日可尋梅

二
碧血頭顱非抗日 崇陽文革贕瘋狂 奪權爲帝凌同志 無刺秋風吹斷腸

長城

萬里蜿蜒去 臨邊覓血戈 河山氣壯麗 能頌幾回歌

尋菊

冷露凝香秋草傍 尋來三徑著花新 千秋彭澤今何去 把酒東籬有幾人

讀史有感二首

一
八極茫茫培浩氣 敞開骨肉接狼牙 此心當付江流水 湧作猖狂片片花

二
汗青隱隱血漣漣 相斫無情命草菅 九鼎縱提金殿立 眾臣皆伏我昂然

贈同窗三首

一
白日浮滄海 風迴萬里長 欄杆惟獨倚 秋色惹情傷

二
春痕猶未了 已覺臘冬來 時逝乾坤內 傷心照鏡臺

三
不適涼風解 憂愁夜月傾 欲持卮酒謝 共醉晚山清

憶同窗

飛雁隨風遠　蕭然野外遊　登樓思總角　擊楫逐飛鷗　濁酒惟孤酌　清歌孰並酬
忽然臨舊地　無處可排愁

暮春山霧

庚申年

黛鴉翠鳥碧岑鳴　煙鎖春山曲澗征　苔砌錢青剛雨過　梅林葉綠山陰成
怕逢過客咨求利　久欲藏名避砥兵　步入芳叢花亂眼　卻尋歸路暗香盈

渡海

一舸天地闊　浪湧急旋催　我似孤蓬盪　風憐寂寞來　晚霞姿萬態　雪浪訴餘哀
江水從今去　何時再轉回

醉花陰 步李清照韻　閒坐諾定咸宿舍

舒卷低吟消永晝　簾外驚松獸　放眼盡斜陽　一醉千愁　長夜傷心透　解憂無奈三
杯後　何以淚盈袖　露重更寒風　夢醒披衣　那堪人月瘦

攤破浣溪紗 贈香港大學社工系呂導師

濃酒濃情倚玉樓　欄杆拍遍醉仍憂　雲影天光誰願識　獨凝眸　濁裡清流迴不定
寒風惡浪襲孤舟　憐惜大千如火宅　萬千愁

臨江仙

碧海瑤臺無覓處　雨聲淚滴天明　幾番狂飲欲忘情　醉鄉何處是　陌路又逢卿　方
信相思人漸瘦　低顰淺笑愁成　拚開肺腑訴平生　窗前輕私語　今夜夢頻縈

醉梅花

幽香碎屑繞重樓　一詩一酒憶溫柔　緣何此夜又成恨　拍盡欄杆淚續流　心相託
夢難籌　冰魂再莫向郎羞　願君記取燈前誓　日日相思到白頭

望江南

一　悠悠恨　咫尺隔簾櫳　夜半披衣和淚笑　巫山隱隱意朦朦　魂盪水雲中

二　苦相憶　人倦敵西風　惆悵陳王迷洛水　凌波送暖太匆匆　握枕夢相逢

水龍吟　中秋興懷

辛卯中秋夜興懷忽熾仰首皓月飛鏡徐行晚影人家千燈萬户無端愁緒湧現念縱有愁懷縈累能與妻攜手共渡亦人生快事是歲銀婚感而賦

廣寒盈夜銀光　綺樓晶爵飄芬澈　十分秋色　五分明月　三分凝翠　惆悵兩分　手搖玉樹　桂香輕墜　擲吳剛飛鏡　愁腸低躺　千杯酒　淋漓醉　何處天孫可寄　暗銷魂是姮娥臂　萬家燈火　魚龍亂舞　玉壺傳意　天上微霜　忽留兩鬢　佳人嫵媚　縱千生百世　雙雙攜手　笑離人淚

八聲甘州

甲午歲暮寒夜招飲於尖沙嘴泰豐廈是廈已逾半世紀歷史前賢多聚宴於此邀得盧瑋鑾教授洪肇平教授關應良先生並孔聖堂同仁對飲思憶往賢俱是一番心事

聽喧聲　日暮更寒風　招飲上重樓　嘆年來消息　魚音雁訊　欲寄無由　年少師門暢飲再認淚盈眸　舊跡眞如水　俱付浮漚　低唱橘翁詩稿　記餘菴幽默　追思悠悠是隱盦啼血　雲外失詩儔　憶前賢　樽前對望　但如今　庠序嘆失籌　苦心事　盡溶紅酒　一洗千愁

少年遊

乙未孟冬與盧瑋鑾李金鐘徐炳光諸先生聚於留家廚房得劉夫人殷勤款待眾歡之際忽思少年求學俱感世事如流師恩難報

青春萬茂閱詩篇　珍重惜陳編　焚膏庠序　鄰門繼晷　日夜與書眠　耳提手澤傳道

統　千萬繼前賢　年少風霜　胸無籌策　有淚灑筵前

註釋　萬茂里乃樹仁學院舊址湯師定宇教授始教古書經典　手澤喻恩師全漢昇院士全師曾任新亞書院校長逐句親批拙文如今思之仍感恩不盡

沁園春　結婚三十周年贈內

五旗飄風　玉手纖纖　掩映鬢垂　取一瓢弱水　英倫孤館　無眠思憶　斜塔巴黎　細語盟生　崎嶇長路　莫負青春履險歧　又微醉　視雙瞳對影　欲飲遲遲　流連羽雪霏霏　迷北極　藍鯨海角姿　撫寒妝呵手　星霜黑髮　夜闌閒話　品酒嘗炊　天地相隨　從今鴻雁　不肯孤單隻影離　縱使是　陷輪回千世　世世雙飛

沁園春　就任校長五年有感

橫劍孤山　霧染沉霾　眼下滄茫　有夢思瓊宇　滿襟霜雪　孤身躍馬　舟泛大洋　極地翔奔　路皆荊棘　汗濺淋漓泥盡香　少年夢　是煙硝漫漫　步步思量　傾樽獨自賣狂　能時遇　簫聲引鳳翔　折伶倫竹笛　待黃河淨　釣冰東隅　捕雨南荒　願似閒雲　惜人生短　拋卻藏書再獨行　高崗上　看洪流滾滾　淚沾芙裳

沁園春　丁酉春與諸生遊西湖

渺渺煙波　翠柳蘇堤　水影迷濛　看雷峰簷角　玄思靈隱　倩誰飄逸　閒櫓平湖　何處鐘聲　新天已換　獨佔高樓向好風　沉吟語　嘆無人聽懂　孤立簾籠　傾心璞玉磨

礱　成奇器　揮身振鐸鐘　恨江山路遠　千尋百轉　依然淒緊　正氣如朦　誰語荒涼
繁華盈耳　自有狂狷對羆熊　西園內　仰岳翁秋俠　身陷寒穹

水龍吟

六十初度　回首杏壇一番滋味

何堪逝者如斯　偶然攬鏡驚霜雪　栽桃植杏　覓人同路　遍流汗血　惆悵天涯　獨餘嘆
息　英雄力缺　肯向黃河灑　誰知心事　胸中淚　長燃熱　一曲陽春空咽　立孤峰
抱存清烈　石蘭薜茘　怕難隨俗　拚肝膽裂　午夜夢迴　縱豺蠅惡　此身仍潔　數平
生得意　人人笑我　只難腰折

採桑子

朱顏清鬢誰能住　才別芳菲　又見芳菲　歲月如流　乍怨春早歸　殘燈掩映情難昨
醒也依依　醉也依依　唱絕詩愁　孤樹向寒霏

新詩

魂夢諾定咸

幾多煙雨隨著落霞低唱，是運河旁的小堤；
晨曦的濃霧輕塵，彷彿沒入巫山，好美，是令人迷路的校園；
千百年的樹林，通過獨木橋的盡處，是羅賓漢（Robin Hood）的故居。
傳奇中小約翰（Little John）的笑聲，徐行中的修士，混和淺斟晚照，
原來都是夢，
一切，都是兒時的夢；一切，如今都在目前。

看，是春滿枝頭的校園
暖，是雨雪紛飛的小巷

胡立頓堂（Wollaton Hall）前的大草陂，小湖灤旁的天鵝侶，
教育學院前的羅倫斯（D. H. Lawrence）銅像，啊！查泰來夫人的情史：

斷腸豈在今夜，朝朝暮暮。

悄立在大學公園草坪（University Park）的栗子樹，幾次在樹下搜索雌雄；
隱蔽小叢內的蘋果樹，那裡有無數情人的熱吻；
偶然落下的安琪兒梨，微笑的仰首樹頂，牛頓先生在嗎？
俯拾皆是的花瓣，編織無數的夢，卻又如此眞實。

你，如何的令我徹夜難眠，如何的令我相思鑄骨？
我無意敲響你的心鐘，觸動你的心靈，驚醒千里以外的你，
今夜，同進一夢。

今日的微笑，全因昨夜的夢，
無垠的小黃菊，奔向如巨人的月亮，隱然有你的身影，
幾度肝腸寸斷，幾次低迴垂淚，都因記掛著你的回眸，
以爲是生命的火光，換來是飛轉的淚花。

啊！我感覺到你的氣味：如酒、如煙、如棉花糖，如軟雪糕，
全化作繾綣夢裡的吻。

春，是幽幽花香，油油綠草，
走在山頭盡處，走在曠野田間，記得生命是這樣的奔放；
夏，是習習清薰，綿綿細雨，
停留在酒吧，停留在草坪，呼噓著煙圈，微醉的憨笑，爲醉生夢死的激情；
秋，是飄飄落葉，悠悠和風，
流連阡陌，流連樹下，踐著厚厚的葉層，此一刻不染塵埃，格外出塵的身軀；
冬，是皚皚白雪，焱焱燈火，
積雪在聖誕的窗櫥，積雪在濕滑的小斜坡，每份禮物，只掛念遠方的你，你在笑，在癡
戀東方的美男子。

樸藍樓（Portland Building）的餐廳，勾起無數情絲的湖畔，靈魂的佳處，
及，至死相伴的天鵝。

鏡池樓（Trent Building）的聚會，舉杯是爲今日，爲未來，爲曾在這裡呢喃。
圖書館外的鬱金香，醉人心魄的清風，髣髴昨日才別過。
難忘是窗前的小松鼠，是黃昏歸鴉，是波光水影，是宿舍的魅影故事，
是失戀後的痛哭難眠，是每一個曾對我微笑的身影。

我以爲我只會思念你一晝夜，一季，最多是一年；
有日，我以爲會忘記你，只偶然在記憶尋找片羽；
原來，兩者都不是，是如絮如絲的魂牽夢縈。

我帶著一身花香而離開，卻留下一線心瓣在蘭頓堂（Lenton Hall）的土裡，
等待，
我的重臨。

註釋　九十年代初負笈英國諾定咸大學（University of Nottingham）是最難忘的經歷九七年重臨情緒激蕩無數回憶重現腦際同學的關懷室友的嬉戲失戀的哭泣野外的奔馳聯隊的旅行等都令我情不自已詩內中文譯名是作者自譯外附英文原名

風之語

妳問：我美不美？
晨曦染紅的雲霞，夕照飛翔的歸鳥。
風動，萬物卻默然……
剛掠過她的秀髮：如溫　如香　如在夢裡
這刻凝留，不讓一點殘香離去。
風！擁捲著妳全身，向每個細胞說心事
讓一切溶凝吧！
妳，美不美？
妳，好美！

妳問：我美不美？
春風吹動的花瓣，冬日輕降的飄雪。
昨夜，斷續的綺夢，萬千囈語，破碎而無人懂，請細聽，只聽懂妳的名字；
昨夜，零落的思緒，沒有原因的哭笑。

夢囈是訴說秘密的小窗，是通向妳心靈的管道。
今日，妳的髮梢勾連著無盡的思緒，帶出了令人魂飛魄散的感情。
一絲秀髮是夢，一顰一笑是夢；無盡的晚上，都只是夢！
妳，美不美？
妳，很美！

妳問：我美不美？
藍湖倒映的翠峰，斜坪迎面的小雨。
揮之不去的愁緒，百轉回腸的思憶。
妳的眼內透視著幾許天眞和嫵媚；
妳幽邃的眼神，是令人迷路的隧道，
去無人知曉的國度。
是迷惑眾生的神態。
無數的清夜，孤獨地，回味一指一態。
還好！還是我！

妳，美不美？
妳眞美！

妳問：我美不美？
母親溫柔的眼神，情人不轉睛的對視。
步伐就是故事：
演出生離死別的無奈，隨煙而逝的感情。
多少無法自拔，多少痛苦中能清醒？
看海、看天、看蒼穹、看宇宙，還要看飄浮人間的魂魄！
惆悵，郤又興奮，戀戀不捨的癡，才能令我陷落——
自虐的快樂中。
唏噓！就因陷在痛苦與快樂的邊緣。
啊！如何耗盡一世的心神去欣賞妳？
妳的影像刺繡在我的意識內，昏迷於記掛中……
思憶，沒有了廣度、深度、靈魂……

妳，美不美？
妳，美得令人陶醉！

妳問：我美不美？
令人迷茫的雲彩，叫人溫暖的晚燈。
紅唇輕動，震盪出千億萬個令人窒息的漣漪。
顫動，醉死在妳溫柔的軟語內。
請問，我能如何描畫妳沁入我骨髓的微笑？
嘆息，是每個晚夜的言語。
妳，美不美？
妳？美得令人迷惘？

妳問：我美不美？
無聊地說別人的故事，不知目的慶祝良宵。
生命是等待盡處，我卻等待你的來臨！

曾逍遙往返——
就是，迷戀妳那一點色相！
自困於愛與恨的繩索內，自知而不肯自救，更不願離開。
無聊，叫我甘心情願走入痛苦的城牆。
妳，很美！
可惜，我是一陣風，無法停留在你身邊　你亦無計把我留住！

綺芬乙未生辰

一

良夜，讓我如脫筌的魚，因爲你在我身旁。
誰人指尖令我酥軟如綿？啊！沁入一點一滴的愛。
原來！是你！
人世間珍饈，
就是你一邊流著汗，一邊想著情人的那一道。
靜默中有你的關顧、還烹調著你沒法表達的洶湧情懷。
擁抱是感覺你內心的激情，

身體的溫度從沒減退。
我們手拖手，看落日，看明月，看霓虹，更駐足迎清風；
難忘是雨中的調笑，烈日下的倦容；更有，我們數不盡的別人故事。
啊！三十年了。爲何仍感覺，你是我的初戀小情人。

二

紅霞啊！你叫了；好美！我在想。
五十五層高的平臺，一覽無際的天空，倒垂在最遠處。
霓虹映亂，小雨紛飛，歡笑混和喝酒聲，無規則的人影在移動，
一雙燕子在穿梭，沒有理會四周的紛擾，只喁喁細語⋯
據說，燕子終生不會分離。
啊！小心看啊！燕子，原來是你和我。
白酒與紅酒，傾樽細味，你就在我面前，但！仍是思念你⋯
你的微笑，你的梨渦，你的嫵媚；還有，你深情的眼神。
還記得，最好的美食，你都先給我；
還記得，我們同進一夢，在夢中傾訴。

醒來，相視而笑！

我對你的思念就像在長風中的弱柳——

日夜不能停止。

附　對聯

輓文人二聯

一

一哭聞噩耗　再哭賦招魂　百里車飛接父歸　痛陰陽終分隔　寸草如何報春暉

只餘赤淚歌陟岵

三更撫孫顏　五更入兒夢　千山月落憐孤影　願父子續來生　椿庭無奈摧急雨

空剩啼聲誦燕詩

二

慧眼獨憐才　猶憶圍爐煮酒　攜手論今昔　親將弄玉託蕭郎　誰亦敢誇是快婿

赤心惟報汝　此時酹盞招魂　仰首嘆山頹　縱使瑤臺無羽鶴　拚將餘力送丈人

輓鍾期榮校長

一

萬茂斜徑　慧翠山坡　滴汗育菁莪　汗盡花香　敦仁博物在吾校

苦雨淒風　驚濤烈焰　嘔心續文命　心殫道繼　鯤躍鵬飛接儒薪

二

風雨飄搖樹孤矣　校長茂行過男子

謗謠橫逆仁處之　先生堅毅第一人

輓岑才生會長

秉承孔孟教誨　作事無愧於心　特立獨行　眾人皆稱士
融匯中西新學　待人謙和以禮　敢言持正　當世果眞儒

輓岑才生校監

一身風骨嶙峋　念國念家念學子　踟躕思先生德範
半世汗揮桃李　教仁教義教浩然　流淚奠校監風儀

輓文基內兄

禮義忠信　秉承父訓　兄憐弟愛　鴒志從今托連枝　問此生何憾
慈悲喜捨　願繼彌陀　般若菩提　蓮池再現仰佛力　覺晝夜太匆

輓霍韜晦教授

梵典儒經　授業閻浮闡唯識
修身問學　解疑五濁現善悲

輓關應良老師二聯

一

詩詞追唐宋　低唱淺斟　擊節長歌　直是流雲千里樹
畫勢師古眞　鉤皴染點　紛披色墨　彷如輕羽萬重山

二　山深煙雨　海闊千流　能教天然入畫圖　藝壇稱夫子
面命耳提　絳帳磨硯　力將儒道清塵俗　低首揖先生

輓張師少坡修士

持誡終生奉主　是修士　是恩師　是君子　剛毅溫良
八五春秋唯教化　樸素守貧　任滿回父鄉　人間頓此失天使
辛勤耄耋不休　傳福音　傳學問　傳德風　忠誠博愛
萬千桃李皆芬芳　胸襟誰次　息勞歸基督　後學如今追聖賢

弟子　楊永漢　廖舜禧泣輓

寢書樓詩詞集

文化生活叢書 詩文叢集1301055

作者 楊永漢　責任編輯 宋亦勤
發行人 林慶彰　總經理 梁錦興
總編輯 張晏瑞
編輯所 萬卷樓圖書股份有限公司　排版 菩薩蠻數位文化有限公司
封面 菩薩蠻數位文化有限公司　印刷 博創印藝文化有限公司
發行 萬卷樓圖書股份有限公司
臺北市羅斯福路二段四十一號六樓之三
電話 (02)23216565　傳真 (02)23218698
香港經銷 香港聯合書刊物流有限公司
電話 (852)21502100
傳真 (852)23560735
ISBN 978-986-478-427-1
二〇二〇年十二月初版一刷
定價：新臺幣二二〇元
如有缺頁、破損或裝訂錯誤，請寄回更換

國家圖書館出版品預行編目資料

寢書樓詩詞集 / 楊永漢著 . -- 初版 . -- 臺北
市 : 萬卷樓圖書股份有限公司 , 2020.12
面； 公分 .
-- （文化生活叢書 . 詩文叢集 ; 1301055）
ISBN 978-986-478-427-1（平裝）

851.487 109019652